スタートライン

一歩踏み出せば奇跡は起こる

喜多川 泰

Discover
ディスカヴァー

未来を希望で埋める者たちへ

プロローグ

「お父さん、ここよ」

真苗は振り返って大きく手を振った。

娘の姿を見つけて「おおー」と手を挙げて近づいてきた晴夫の顔が、ぱっと明るくなる。

「結構、前の席がとれたな」

「せっかくの講演会でしょ。できるだけ前のほうがいいと思って。それより輝兄ちゃんは？」

「大学が終わったらすぐ駆けつけるって言ってたから、もう来るはずだ。きっとまた、どこかでチョコレートでも買ってるんだろう。あれを買ってくると、おまえが喜ぶって知ってるからな」

「いつもいつも同じ板チョコ一枚じゃ、喜ぶ顔をつくるほうもたいへんよ。たまには違うものにしてほしいわ。お父さんだって、わたしがおいしいって言ったら、毎朝同じ食事出すし……」

晴夫の笑顔は苦笑いに変わった。

「もう、早く来ないと始まっちゃうよ。いつも、時間にルーズなんだから」

「まあ、間に合わないということはないだろう。心配するな」

真苗は、ホールの入り口付近に向けていた視線を、再びステージに向ける。

「それにしても楽しみだなぁ。すごい人なんでしょ？　今日お話しする重松さんて人」

「ああ、すごい人だよ。なにしろ北海道の片田舎のふつうの工場のおっちゃんなのに、宇宙開発をしているんだから。しかも、ＮＡＳＡだってこの人の開発成果なしに宇宙計画を進められないほどらしいぞ」

「宇宙かぁ……」

「行ってみたいか？」

「う～ん、わからない。でも、わたしも早く大人になりたい」

「そうだ、大人はいいぞ。自分のやりたいことにどこまでも挑戦していいんだからな」

会場にブザーが鳴り響いて、開演五分前のアナウンスが流れた。

「やっぱり、輝兄ちゃんは遅刻だわ」

真苗があきれたように言った。

晴夫が笑って返す。

「まあ、見てろよ。あと五分ある。本当にギリギリになって慌てて入ってくるから」

「しょうがないなぁ」

真苗が笑った。

スタートライン

一歩踏み出せば奇跡は起こる

喜多川 泰

十八歳のぼく

小学生の頃からこれまで十一年間、授業を受けてきたけれど、正直、中身を覚えている授業なんてほとんどない。

「遊ぶことが仕事」なんて言われる貴重な子ども時代の大半を、四角い部屋の中に閉じ込められて誰かの話を聞かされる苦痛に、いったいどんな意味があるのか。そんなふうに考えたことがあるのは、ぼくだけじゃないはずだ。

いつも時計とにらめっこして、その苦痛が過ぎ去るのをひたすら耐えるだけの毎日。

一日中、頭の中は分数の計算だ。

開始から五分過ぎると、

「ようやくこの授業の十分の一が終わった」

そこから五分過ぎると、

「ようやく五分の一が……」

二時間目が終わると、

「ようやく、一日の三分の一が終わった」

そんな調子。

たしかに授業で教えてもらう内容を自分のものにすれば、大学にも行けるだろうし、そうすれば将来、少しは役に立つこともあるんだろう。
でも、ぼくの場合、手に入れたものと言えば、授業内容ではなく忍耐力だ。
前に立つ先生の授業を真面目に聞いているつもりでも、右から左に抜けていく。
どうして頭に残らないのだろうと、自分が嫌になる。

学園もののテレビドラマなんかでは、授業中に後ろのほうで遊んでいたり、机に座ってものを投げたり、ゲームやトランプ、麻雀と、やりたい放題の描写が多いけれど、ぼくのクラスでは、せいぜい机に突っ伏して寝ている程度。勉強しているやつの迷惑になろうって輩はいない。

というのも、ここは進学クラスだから。大半が大学受験を目指して勉強している「真面目ちゃん」たちだからだ。

別のクラスの友だちの話だと、授業中にスマホでゲームをやってるやつとか、イヤホンで音楽を聴いているやつもいるらしいから、同じ学校の中で、本当にそんなことが起こっているのかと疑いたくなるけれど、一年生のときから学力別のクラス分けがされるこの学校では、大半が大学受験をしないクラスになると、ほかの生徒の迷惑にならない限りは、そういう過ごし方も黙認されるというわけだ。でも、ぼくがいる七組では絶対にあり得ない。

ぼくは、音楽プレーヤーのことを思い、机の横にひっかけた鞄を見た。

授業中、あれを聴くことができれば、あっという間に時がたつのに。

といっても、ぼくの音楽プレーヤーに入っているのは音楽ではなく、落語だ。

ぼくは名人の落語を聴くのがなにより好きなんだ。

もちろん音楽も聴く。でも、やはりこの時間に聴いていたいのは落語！

そんなことができたらとは思うけれど、鞄の中に手を突っ込んでプレーヤーを取り出すだけの勇気はない。いや、勇気というよりも、そもそもそんなこと、やる気もない。

自分で言うのもなんだけど、ぼくはそういう行為を不快に感じる側の人間だ。

かくして、ぼくにとって授業時間は、何も生まない、我慢の、そして分数の計算ばかりしている時間であり続けていたというわけだ。


そんなぼくに、ちょっとした革命を起こしてくれたのが宮下先生だ。


高二の春、「日本史」を選択したぼくは、はじめて宮下先生の授業を受けた。

最初の授業で宮下先生は、二組の英文を黒板に書いて、ノートの最初と最後のページに書き写すように言った。

Be the change you wish to see in other people.
Live as if you were to die tomorrow.
Learn as if you were to live forever.

黒板にこの二組の英文を書いた宮下先生は、この英文は動詞で始まっているから命令文で、文の途中にある主語と動詞はすぐ前に名詞があるから関係代名詞の目的格の省略だとか、この文章には仮定法が使われていて……と、たっぷり時間をかけて英文法の説明をした。で、授業の終わり頃になってようやく、

「前の文は、

『あなたが見たいと思う変化に、あなた自身がなりなさい』

という意味、後の文は、

『明日死んでしまうかのように生きなさい。

そして永遠に生き続けるかのように学びなさい』という意味になる」

と、教えてくれた。

この時点で、クラスの大半が日本史の授業であるということを忘れていたに違いない。

ぼくもそうだった。そのあと、宮下先生は、なんでそんな話をしたのか話してくれたが、あまり覚えていない。でも、ぼくの中で何かが燃え上がるような感覚があった。

ぼくの心に火をつけてくれる大人。

ぼくにとって、後にも先にもそんな存在は宮下先生だけだった。

授業を受けるたびに、ぼくは宮下先生が好きになっていった。


宮下先生は、授業の中で、ちょいちょいかっこいいことを言った。

たとえば、頑張っているのに点数が上がらないと愚痴る生徒に対しては、

「向かい風が強いいうことは、
前向いて走ってる証拠や。胸を張ってええ」

とか、自分の存在をちっぽけに感じて悩んでいる生徒には、

「君らは、自分ひとりくらいこの世からおらんなっても、

世の中、何も変わらんて思ってるかもしれん。

たしかに、今、君がおらんなっても何も変わらんかもしれん。
でも、君が生きておれば
世の中は大きく変わるいうことを忘れちゃいかんぞ。
君らは今の自分にできることで、自分の価値を判断しちゃいかん。
将来の君らは、今の君らが想像もできんほど大きなことをやって、
多くの人の幸せを左右する存在になってるはずや。

君らは、これから大きな存在になれる可能性の塊だということを忘れちゃいかん。
人間はたったひとつのきっかけで、信じられない変化を遂げる生き物や。

五年後の自分の可能性を舐めるなよ」

なんてことをズバッと言うんだ。しかも真面目な顔で、まるでこちらの心を読んでいるかのように。

もちろん、そんな熱いことを言う宮下先生を嫌う生徒もいたけれど、ぼくは素直にシビれた。かっこいい考え方だと思った。

「これは！」と思う言葉に出会うと、鳥肌が立つ。そんな経験も、宮下先生の授業ではじめて経験した。

ぼくは、そんな「心を震わす言葉」と出会うたびにノートにメモするようになった。

ノートの余白に心を動かす言葉があふれる……いつの間にか、そんなノートをつくりたくなっていた。それは、最初にノートに二組の英文を書かせた宮下先生の思惑通りだったのかもしれない。

宮下先生は、それまでぼくが出会った先生たちの中ではいちばん若い先生だったと思う。大学生と言われてもうなずけるほどだから、どう見ても二十代だ。

それでも、ぼくは、先生として宮下先生をいちばん尊敬していた。

とにかく、宮下先生はそれまで出会ったどの先生とも違っていた。

ほかの先生たちは、将来の話をするとき、必ずこう言った。

「おまえらの時代はたいへんや。かわいそうに」

「これからの時代はたいへんやから、ちゃんと勉強して、ええ大学に行って、安定した職業に就くことを考えんと……」

　将来のことを考えると、ぼくたちだって不安になるのは事実だけど、それを言うときの先生たちの雰囲気はどこか他人事で冷たく思えた。

「おまえらの時代」「これからの時代」は、「俺たちの時代ではない」と言っているような気がした。実際そういうつもりで言っていた先生もいるだろう。


　でも、宮下先生は違った。


「おまえたち、大人はええぞ。

　自分の好きなことをして生きていける。

　特にこれからの時代は、今までの常識が通用せん新しい世の中になるじゃろう。

　絶対オモロいぞ。早く大人になれ。

　大人になったらもっといろんなことを教えたるからな」

　ぼくが大人の話の中に将来の希望の光を感じたのは、それがはじめてだった。

　そして、その言葉に何度も救われた。

たったひとつの希望の光を見つけるだけで、こんなにも将来が楽しみになるものかと、思い知った経験だった。

こんな話もしてくれた。


「今の世の中、将来が見えんという人が多い。

でも、今に限らずこれまでだって、未来のことは常に決まっておらんかった。

我々にとっていつも未来は空白やった。

その空白を何で埋めるかで人生は大きく変わる。

未来の空白を不安で埋める人は、安定を求めて行動する。

そして、こんなはずじゃなかったという出来事が起こったときに、人のせいにする。


一方で、未来の空白を希望で埋める人もいる。

将来に希望を持った人は、挑戦を選ぶ。

もちろん、その先に待っているのは、こんなはずじゃなかったという出来事かもしれん。

でも、そのときに挑戦を選んだ人は人のせいにしたりはせん。

今まで自分がやってきたことの何がイカンかったんじゃろう……と真剣に考える。
そこにこそ人生の学びがあるんや。

自分のやりたいことに挑戦する勇気を持った人にとっては、
未来には、今おまえらが考えている以上に、
楽しいことであふれた毎日が待っている。

それは間違いない」

宮下先生の、この言葉を信じているからこそ、今のぼくは未来にかすかな希望を持って生きている。宮下先生から発せられる言葉と出会っていなかったら、ぼくは将来に対して暗い闇のような印象を持ったままだっただろう。
そんな出会いを得た自分は幸せだと思った。

「日本は素晴らしい国なんだぞ。
世界中のほとんどの国が日本のことを褒めてるし、憧れてるんやぞ」

という言葉を聞いたのも宮下先生がはじめてだった。

小学校、中学校と歴史を勉強すると、いつも反対のことを教わった。

だから途中まで大好きだった歴史の勉強も、最後はやる気をなくして終わっていた。

でも、宮下先生に教わった日本史は、ぼくに勇気と力をくれた。

とにかくぼくにとって、宮下先生は「未来は明るい」と感じさせてくれる唯一の大人だった。特に個人的に仲良くなったわけではなかったけれど、尊敬していたし、心の中で感謝していた。


あの日までは……。

ぼくはある出来事をきっかけに、宮下先生のことを疑い、嫌いになった。それは単なる「嫉妬」だったのかもしれないが……。

＊

それまでずっとそこにあったのに、自分には見えないものがある。通学路にある誰かの家の庭先に咲くきれいな花のようなものと言ったら、あまりにも詩的すぎるかな。

気づくまでは自分の世界の中に存在していないのに、いったん見えてしまうと、今度はそれを見るのが毎日の楽しみになる。

そんなものがあることに、この頃、ぼくはようやく気づいた。

そう、女の子だ。

ぼくが、同じクラスのかわいい女の子に一瞬のうちに心を奪われたのは、新学期が始まって二週間もたってからだった。

彼女の名前は、長森真苗。

父親の仕事の都合で、この春、転校してきたらしい。

二年生のときからあまり変わりばえしないクラスメイトの中にはじめて見るかわいい子がいれば、すぐに気になってもよさそうなものだけど、まったく目に留まらないままで、その子に気づいたのは二週間がたってからのことだった。

ちなみに、ぼくは伊福大祐。

生徒が四十人もいるこのクラスでは、男子の「あ」が出席番号1番になる。ぼくは新学年が始まると、必ず教室のいちばん左の列、前から二、三番目。今年も出席番号は2番。1番は阿久沢だ。左の肘を窓枠に乗せると運動場が見えるそんな位置。

一方、女子の「な」は結構、後ろのほうになる。廊下側から二列目の後ろから二番目が彼女の席だった。

教室の真ん中から左が男子、右が女子。

それだけでも世界が違って感じられるのに、いつも日が当たる窓際から廊下側を見ると、教室の半分から向こうは、暗くてあまりよく見えない。こうなると同じ教室の中でありながらまったく別の世界に感じられる。

だからその日まで、ぼくは半分から向こうの世界について無関心だった。

新年度が始まって二週間後、席替えがあった。そして長森真苗がぼくの隣の席になった。

彼女が隣に来たその瞬間、心を奪われた。

肩の上で大きくウェーブしたやわらかい髪が、光を受けてきらきら輝いて見えた。

真新しい制服の真っ白い襟に、白くて細い首がすうっと伸びている。

あまりに神聖なものは直視できないというが、このときのぼくがまさにそう。

彼女のことを見ようとすると、心臓がドキドキして、胃のあたりがモゾモゾして、わけもなく緊張した。


ぼくの親父は社内恋愛を当てる名人だ。それに気づくと、家に帰って母さんとその話をする。そして最後に、「ご祝儀の準備をしておけ」と言えば、その予想はことごとく当たった。

「どうしてそれがわかるか、聞きたいか」

親父がニヤニヤしながらぼくに顔を寄せてきたことがある。「別に、聞きたない」と答えたのに、おかまいなしにしゃべりはじめた。

「距離感や。男と女には許し合える距離いうもんがある。見えんようでそのラインははっきりしとる。嫌いな人と好きな人では話すときの距離が違う。好意を持ってる人と付き合ってる人でも違う。その距離を超えて相手の懐に入ったとき、どんな変化がお互いにあるかを観察すれば、二人の仲はわかる」

親父は、さらにぼくに顔を近づけて言った。

「この距離を超えて近づいて話してるのに、お互いに緊張や感情の変化が感じられなければ確実に付き合っとる。この距離が男女の仲の距離や。試しに、いろんなやつと、この距離の内側で話をしてみろ」

ビールくさい親父を手で向こうへ押しやりながら、「はい、はい」とあしらったが、心のメモ帳にはしっかりとメモをした。


あれ以来、ぼくは、恋愛感情と距離についてなにかと敏感になっている。

実際に、こうやって長森真苗が隣の席に来たことによって、一気にぼくの恋愛感情メーターは「好き」という位置を超えて、振り切れんばかりになっている。

「距離感の法則、恐るべし……」だ。

だからといって、話しかけられるわけでもない。

ぼくは明るくて、誰にでも気軽に話しかけるタイプだと思われているようだけど、好きな子に対しては緊張してしまって、自分から話しかけたりはできない。

だから、彼女が荷物を持って隣の席に移ってきたとき、二言三言会話を交わして以来、何も話をしていない。それも、彼女のほうから話しかけてくれたから生まれた会話だ。

「長森真苗です。よろしくね」

ふっくらとした頬にえくぼが浮かぶ。黙っているときは、いかにも東京から来ましたという感じで、どこか近寄りがたいような、見方によっては冷たく見えるかもしれないようなおとなしいタイプなのに、笑うと、たちまち親しみやすい、ちょっとかわいい女の子になる。

ぼくは、その笑顔に吸いこまれそうになりながらも、ちょっとかっこうつけて「あっ、ああ」と言っただけだった。

かわいい子が隣に座っている。たったそれだけのことで、人生はバラ色に輝いて見える。ぼくの学校生活は、一般的な受験生の暗いイメージとは対照的にウキウキの毎日になった。

「永遠に、次の席替えがこなければいいのに……」

その日から毎日、そう考えた。

クラスのメンバーは高二のときからほとんど変わっていないのに、彼女がひとり増えただけで、全体の雰囲気が変わった。ぼくが彼女の隣に座って浮かれているからじゃない。みんな感じているに違いない。

何がどう変わったなんて言葉で表すことはできないけど、その人がひとり増えただけで雰囲気が変わることというのは、たしかにある。

それはこれまで部活などでも経験している。あるひとりが休んでいるだけで、いつもの調子が出ない。雰囲気が沈んで感じられる。そう感じることがあるもんだ。

いつからか、自分もそんなひとりになりたいと思うようになっていた。でも、ぼくはそんなひとりにまだなれてはいない。

このクラスでは、彼女こそがそんな「ひとり」だった。

取り立てて目立つような存在というわけではないのに。不思議だった。

席替えをして四日目の四時間目、三年生になってはじめて日本史の授業があった。

「宮下先生はどんな話をしてくれるんやろう」

ぼくは、最初の授業に期待していた。もちろんこの日のためにノートを新調してある。

ぼくは、チラッと隣を見た。彼女は机の上に見たこともない日本史の教科書を置いて、授業を待っていた。転校してきたばかりなので、教科書が間に合わなかったのかもしれないが、それだけが理由でもなさそうだ。

日本史の教科書には色とりどりの付箋が貼ってあり、いろんな資料やメモを挟んでいるようで、もとの二倍ほどの厚さになっている。

ぼくは思わず、声をかけた。

「日本史、好きなん？」

彼女は、こちらを向いて微笑んだ。

振り返ったときに揺れた髪の香りが、優しくぼくにぶつかってくる。思わずドキッとした。

「わたし？　こう見えて歴女だよ。オタク的なほど」

彼女はそう言って笑った。

ぼくは、嬉しくなった。この学校の日本史の先生はすごいぞ。きっと君が出会ったどの先生よりも日本史を好きにしてくれる。そう思って、ひとりでニヤニヤしてしまった。

家族や親戚の自慢をする子どもみたいな気分だった。

「日本史の先生どう？　好き？」

ニヤニヤしているぼくに、彼女のほうから声をかけてきた。

「えっ。ああ、ちょっと変わってて、熱い人やけど、俺は好きじゃ」

彼女は、嬉しそうに微笑んだ。

「変わってる人か。ふふふ。楽しみだわ。早く授業、始まらないかな」

それで、ぼくらの会話は終わった。

チャイムが鳴り、宮下先生が入ってきた。同時に、学級委員が号令をかける。

「起立。気をつけ。礼。着席」

みんなが座り終わって、イスと床がぶつかる教室独特の音がやむのを待ってから、十分に間をとって宮下先生は話しはじめた。

「人間、生まれてきたからには役割がある。ぼくはそう思ってる」

いつもながら唐突な入りだ。

ふつうの先生にありがちな、「え〜、今日から新学期ですが……」とか「さて、今日から江戸時代をやります」なんて言葉で授業を始めないのが宮下流だ。

チラッと長森のほうを見ると、彼女はちょっと吹き出したように笑い、ぼくに向かって目を丸くして見せた。でも、すぐに前を向き、食い入るように宮下先生の話を聞いている。

「君らが生きるということは、その役割を果たすいうことや。

働くというのも同じこと。君らが生まれてきた役割を果たしていくことや。

これからいっしょに、

この国に生まれ、役割を果たして去っていった数々の偉人たちの人生を見つめていこう。

歴史を学ぶひとつの良さは、人間は自分の役割を果たすために生まれてきたということを信じるに値する事例がたくさんあることなんや」

宮下先生はひとりひとりと目を合わせると、満足げに微笑んだ。

全員が顔を上げてひとつになる。

水を打ったような静けさ。

この雰囲気は、ぼくが知っている限り宮下先生にしかつくり出せない。

「ここまで、ええか？」

宮下先生が、緊張を解くためにそう言葉を繋いだ瞬間、長森が手を挙げた。

宮下先生は一瞬意外そうな顔をして、すぐに微笑んだ。先生にとっては言葉を繋いだだけだったのに、転校生が手を挙げたことに面食らったのだろう。

ぼくも驚いた。

彼女が授業で手を挙げたのは、ぼくが知る限りこれが最初だった。

「どうした、長森？」

「先生の役割は何ですか？」

「おお～」

クラス全体からどよめきが起こった。そのどよめきにはぼくも参加している。

いきなりにして大胆な質問。転校生でなければなし得ない、いつもとは違う展開。いい緊張感だった。

「人間は本気になれば、とてつもなく大きなことを成し遂げられる存在だ。じゃけど、ほとんどの人は『どうせ自分には無理だ』と思ってる。

自分の心にブレーキをかけているのは自分自身だってことに気づいてない。

俺の役割は、俺が出会うすべての生徒の心のブレーキを外すことや。おまえたちは何だってできる」

「おお〜」

さらなるどよめきが起こった。

彼女は宮下先生の顔を見つめて大きくうなずいた。大きく見開かれた目が潤んでいる。

感動した様子が見てとれる。

「納得したようやな。じゃあ、まさに自分の役割を果たし人生を終えたひとりの人間の話から始めよう。坂本竜馬じゃ。そのためには、まず嘉永六年のあの話からせないかん……」

「ペリー来航」

ぼくは心の中で唱えた。同時に彼女の手が動いたのが目に入った。

彼女は付箋のひとつをつまむと、パタンと教科書を開いた。そこには見事にペリーの顔写真があった。その反応にぼくは嬉しくなった。

さすが、自称歴女だけのことはある。

それから彼女は、木曜日の四時間目が終わるとすぐ宮下先生のところに駆け寄り、授業内容について質問をするようになった。

宮下先生の授業が好きな生徒はそれにつられて集まり、教卓の周りには十名ほどの人だかりができるようになった。二年生の頃にはなかった光景だ。

ぼくもその輪の中に入りたかったけれど、集まっているほとんどが女子だったことと、集まっている数名の男子とそれほど仲が良くなかったこともあって、輪には加わらず、すぐに弁当を食べる準備をした。それでも、耳だけはそちらに向けている。

宮下先生は生徒たちが集まるたびに、授業で話さなかった面白い話をしていた。

ぼくはその話も覚えておいて、家に帰ってからノートにメモをした。

ときには全然関係ない話に飛んでいくこともある。

この前なんて、「先生、結婚しないんですか？」「どんな人がタイプですか？」なんて質問が、ある女子から飛んでいた。

宮下先生は「君はどうなん？」と切り返し、その女子は「ビッグウェーブの山科くん」とアイドルグループのひとりの名前を言って場を和ませた。

隣にいた長森にも宮下先生は同じ質問をした。

「長森は？」

彼女は躊躇なく、

「この国を変えるくらい大きなことを考えて生きている人がいいな。そうそう、宮下先生みたいに」とわざとらしく言って周囲を笑わせた。

「おまえ、嫌味っぽく言うねぇ」

宮下先生はちょっと怒ったふうに言ったが、「まいった、まいった」と教室を去った。

ぼくはそれから、この言葉にしばらく向き合うことになった。

「この国を変えるくらい大きなことを考えて生きている人」

男って本当に単純な生き物だと思う。

はっきり言って「バカ」だ。

自分で自分のことを頑固だと思っていた。いや、実際に頑固だと思う。よく、両親にもそう言われる。「おまえは、頑固だから……」って。

ところがその頑固者のぼくが、女の子のたったひとことで、将来の方向性をコロッと変えようとしている。


男は単純な生き物だということは、いつか宮下先生も言っていた。

「アメリカ人男性にマッチョが多いのは、アメリカ人女性にマッチョ好きが多いからで、日本人女性はアイドルのようなきれいな男の子が好きやから、日本人男性はみんなアイドルのような髪型やファッションを真似ようとする。だから日本の女の子たちが『本を読む人かっこいい！』って言うようになったら、日本男児は世界一の読書家集団になるのになあ……」

冗談ぽく言っていたが、まんざら冗談でもなさそうだと、このとき真剣に思った。

なにしろ、それまで、ぼくはそんなことを考えたこともなかった。

自分は、そこそこいい大学を出て、楽して儲けて、欲しいものが買えるような暮らしができればいいと思っていた。

もちろん今の時代、そんなことすら難しいのかもしれない。でも、どこかにその方法があるかもしれないと、なんとなく思っていた。今はわからない。だけど大学に行けばその方法も見つかるだろう。なんといってもあと五年もあるんだから、と。

だけど、彼女が言ったひとことが、ぼくの生きる方向性を変えてしまった。

「この国を変えるくらい大きなことを考えて生きる人」

そうなるためには、どんなことを考えて生きればいいのか……。見当もつかない。

大金持ちになるのか、政治家か、はたまた芸能人?

彼女好みの人間になろうと必死な自分がいる。

自分では、何をやったらそうなれるのかもわからないし、大きなことって何かもまったく思いつかない。

でも、その日以来、ぼくの将来の目標はこれになった。

「この国を変えるくらい大きなことを考えて生きる」

なんとなく、そう言っている自分に酔っているようなところもあった。

＊

彼女と自然に話をするチャンスはいつも、知佳が運んできてくれた。

高橋知佳は一年のときのクラスメイトだ。

背が高く、スタイルもいい。ソフトボール部のキャプテンで、ショートカットが似合っている……と来れば、言い寄る男が多いのはもちろんだけど、「わたし、そういうキャラじゃないから」と、あっさり断ってしまうのを何度も目にした。

性格がさっぱりしていて、あまり異性を感じさせずに気軽に話をすることができる。こういう女子がいてくれると助かる。

知佳と長森は実は同じ小学校に通っていて、もともと大の仲良しだったらしい。

知佳は部活が忙しく、長森といっしょに帰ったりはしていないけれど、週に三、四回は昼休みに長森のところにやってきては、ぼくのわからないローカルな話で盛り上がっている。

そして、その会話にぼくを引き入れるタイミングをいつもくれるのだ。

「大ちゃん、どうせまたエロい話ばかりして真苗のこと、困らせてるんでしょ」

とかそんな調子だ。内容はともかく、

「アホなこと言うな。いつ俺がエロい話した？」

と突っ込みながら、心の中では、「ナイス、知佳！」と入っていくタイミングをくれた知佳に感謝した。

長森は、「へぇ～、伊福くん、そうなんだ」なんて意味深に笑いながら身体をのけぞらせ、距離をとろうとするけど、彼女もその会話を楽しんでいるのがわかる。

少しずつではあるけれども、ぼくはふつうに彼女と話ができるようになっていった。

ぼくたちの関係が少し変わったのは、ゴールデンウィーク明けにあった最初の模擬試験のあとだった。

クラスの数名の生徒が、先生に呼ばれて残された。その中に長森もいた。

去年、はじめて残されたときは、理由がわからなかったけれど、担任がひとりひとりと面談するのを教室で待たされているときに、どうやら第一志望を「都会の私立大学」にしている生徒を残しているらしいとわかった。

「そんな遠くに行く必要がどこにある」と長い時間をかけて説得されるのだ。

この高校の先生たちの価値観はおかしい。松山にある国立の愛媛大学に行くことが唯一かつ最高の幸せのように思っている。

去年、ぼくは東京の私立大学を第一希望に書いて呼び出された。

「東京なんか行っても、どうせ遊んで勉強せんようになる。親も仕送りがたいへんやし、就職先もなかなか見つからん。それより、愛媛大学に行ってみろ。将来は県庁とかも夢じゃない。先生たちみたいに学校の先生やるにしたって地元がいちばんやろ。どっちにしても将来は安泰じゃ。悪いこと言わんから、そうせえ」

何度もそんな話をされた。

県庁にも教師にも興味がないぼくは、「悪いこと言わんから」なんて言われても、なんの魅力も感じない。

「はぁ〜」と生返事をすると、担任の先生は身を乗り出して、力説した。

「まあ、おまえたちぐらいの年代のやつは都会へ行って遊びたいだろう。それはよくわかる。だけど悪いことは言わん。地元の国立にしとけ。将来、絶対俺に感謝するぞ」

「家に帰って親と相談してみます」

ぼくはいつもそう言って、お茶を濁す。

また、あの時間が待っていると思うとうんざりだったけど、どういう順番でそうなったのか、最後に残ったのがぼくと長森だったものだから、この先待っている面倒な時間とは裏腹に、たちまち幸せな気分になった。

彼女は仙台のある大学を第一希望にしたらしい。

愛媛県にあるぼくたちの高校から仙台に行く人なんてほとんどいない。

「この高校は、そういう面倒なことを言うんだよ。ゴメンな」

ぼくはうんざりした表情をつくって、この高校代表のように謝罪を述べた。

彼女は「伊福くんのせいじゃないでしょ」と言って笑った。

「それにしてもどうして仙台なん？」

「ん？　ないしょ」

彼女は理由を聞かれたのを嫌がりはしなかったが、すぐには教えてくれなかった。

「ないしょって言われると、気になるやん」

「まあ、ふつうじゃないから言わないようにしてるんだ」

「ふつうじゃない？」

「そのうち教えてあげるよ。今日はダメ。それより、伊福くんは、どこって書いたの？」

「俺？　俺はK大」

「へぇ、そうなんだ。どうしてK大なの？」

「まあ、特に理由はないけど、しいて言えば……この国を変えるくらい大きなことを考えているやつが集まるんやないかと思うて……ね」

と言って、チラッと長森を見た。

ぼくが彼女のタイプを知っていることは知らないはずだ。

彼女は、まじまじとぼくの顔を見つめたあと、ニコッと笑って、意外なことを言った。

「伊福くん、明日、ヒマ?」

「えっ、明日は図書館で勉強しよかと思うてただけやけん……」

「じゃあ、忙しいんだ」

「いや、そうじゃのうて、ヒマや……、全然ヒマ」

「明日、ちょっと付き合ってよ」

「ああ、ええけど……どして?」

「知りたいんでしょ?　どうして仙台か」

「えっ。ああ……知りたい」

「じゃあ、十一時に南小学校の前に来て」

「ああ、わかった」

あっけにとられているうちに、彼女と会う約束が成立してしまった。

これはデートの誘いなのか?　とドキドキしていると、担任が教室の引き戸を開けた。

「長森、おまえの番や。ちょっと来てくれるか？」

「はい」

彼女は明るく返事をして、ぼくのほうに小さく手を振った。

口元が、小さく「じゃあ、明日」と言っている。

ぼくは、天にも昇らんばかりに幸せな気持ちになった。

ああ、神様ありがとう。


ぼくはその日、家に帰ってからも上機嫌で、自然と湧いてくる笑みを抑えることができなかった。母さんにまで、「何かいいことあったん？　ニヤニヤして」と言われる始末。

「別に」と言いながらも、顔はだらしなくほころんでしまう。

これ以上、家族と顔を合わせてはいられないと、部屋にこもると、わけもなく部屋の中をウロウロしては、時々ガッツポーズをしてみたりした。

その夜は興奮して、よく眠れなかった。


南小学校は、ぼくの家から自転車で十分くらいのところにある。

正門前に着いたときに、彼女の姿はまだ見えなかった。時計を見ると十一時ちょうどだ。どちらの方角から来るのだろうと、キョロキョロしていると、思いがけず背後から名前を呼ばれた。

「伊福くん」

ぼくは振り返った。

「先に来てたんか」

「うん、早めに着いたから、池の鯉を見てたの」

制服姿しか見たことがなかったぼくは、彼女の私服姿に、ドキドキした。

なにしろ初夏だ。全体になんというか、薄手なのだ。短いスカートがひらひらしている。

正確に言うと、まぶしくてまともに見られなかった。

「じゃあ、行こう。ついてきて」

彼女は元気よく言うと、くるりと背を向け、校庭の真ん中を校舎に向かって歩きはじめた。

ぼくは校庭で遊んでいる小学生が並べている自転車の脇に、ひとつだけ大きさが違う自転車を止めて鍵をかけると、慌ててあとを追った。

校庭の真ん中あたりでようやく追いついた。

「小学校に用事があるんか?」

「違うわ。その裏」

「裏？」

「そう。ここを通ったほうが早いから」

南小学校の裏に何があったか思い出せずにいると、校舎の裏の門が見えてきた。

そうだ、たしかここには幼稚園があったはずだ。


ぼくたちは、めぐみ幼稚園の前で立ち止まった。

この地域では珍しく園舎が新しい。有名なデザイナーが設計したらしいその建物は、幼稚園というよりもなんだか美術館みたいだ。

ぼくが小さい頃はなんの変哲もないふつうの幼稚園の中のひとつにすぎなかったように思うが、生まれ変わった今はきっと大人気に違いない。高校生のぼくでも、この建物に惹かれて、こんな場所なら自分でも勉強が好きになったかもしれないなんて思ってしまうくらいだから。

「長森はここの卒園生なんか？」

「違うわ。ここの理事長先生とお友だちなの」

「えっ……お友だち……？」

彼女は躊躇なくインターホンを押した。

「はい」

「長森真苗と申します。理事長先生はいらっしゃいますか?」

「ああ、お待ちしておりました。どうぞ」

インターホン越しに聞こえてきたその声とともに、ウィーン、ガチャという鍵が外れる機械音がした。

扉を押し開けて中に入る彼女の後ろから様子を窺いながら、ぼくもあとに続いた。

そこには、ぼくよりも身長が十センチは高い老紳士が立っていた。

「いや〜、よう来たね」

と右手を差し出すと、長森はすぐに握手をし、そのままいわゆる「ハグ」というやつをどちらからともなく自然にこなした。

その後、その紳士はぼくにも手を差し出して、満面の笑みを向けてくれた。

「君が大祐くんかね。はじめまして大西です。よろしく」

「あ、あの、……よろしくお願いします……」

幸いなことに、ハグは免れた。

「久しぶりやね、真苗ちゃん。去年の秋以来かな」

「そうです」

「昨日、急に電話をくれたもんやから、驚いたけど、なんとか席を確保したよ。さっそく、行こか」

「お願いします」

ぼくたちは、幼稚園の建物の中を通って、裏口にあるガレージに出た。

そこには黒塗高級外車が止まっていて、大西さんが後部座席の扉を開けて彼女を車内に促した。

彼女は「ありがとう」と言いながら、なんのためらいもなく車に乗り込んだ。

長森はぼくの知らない一面を持っている。いや、一面どころか、ぼくが知っているのは彼女の学校での顔だけだから、ぼくが知っている彼女がほんの一面なのかもしれない。

ぼくの知らない彼女は、大人の世界に慣れているように思えて、ぼくは自分を情けなく、恥ずかしく感じた。

「知らない人の車に乗ってはいけません」

小学校の低学年の頃に何度も言われた言葉が、高校三年生にもなった今もぼくを縛りつけ躊躇させている。車の中から手招きする彼女につられて、ようやくぼくも車に乗り込んだ。

運転席に座っている若い女性は、どうやら大西さんの娘さんのようだ。大西さんは助手席に座って、斜め後ろの長森と終始楽しそうに会話していた。

十数分後、ぼくたちがついた場所はフランス料理店だった。

この近所には何度か来たことがあったけれど、生け垣に囲まれた立派なお屋敷の中がこんなレストランになっているなんてはじめて知った。外には看板なんか出てないし。

「ここは、はじめてやったかな？」

大西さんは緊張を和らげるようにそう言うと、手をさっと店内に向けて、彼女をエスコートした。長森は「ありがとう」と笑顔で受けて、先に店内に入る。

ぼくは、相変わらず、どうしていいかわからず、立ちすくんでいた。

「君もさあ、どうぞ」

大西さんは、すぐにぼくにも声をかけてくれた。

「あっ、はい」

ぼくは、急いで店内に入った。

入り口を入ると、そこには黒服の店員数名と、白いコック帽をかぶったシェフが一列に並んでぼくたちを待ち受けていた。

「いらっしゃいませ。ようこそ、『デラレット』へ。お待ちしておりました。ムッシュ、お元気でしたか？」

　大西さんはシェフに近寄ると固い握手を交わした。

「ああ、もちろん元気やったよ。今日はわたしの大切なお友だちを連れてきたんだ」

　二人の会話を目だけをキョロキョロさせて聞いていたぼくの前で、シェフは長森にも手をさしのべた。

「お待ちしておりました」

「よろしくお願いします」

　次はぼくの番だろう。緊張で手のひらに汗をかいている。

「楽しんでいってください」

「あっ……は、はい……」

　ぼくたちは、きれいに整備された庭園を望む、いちばん眺めのいい席へと案内された。


　いろんなことが同時に起こりすぎていて、まったく頭の中の整理がついていない。

　まず、こんな高そうなお店で食事をするなんて思ってもみなかったから、手持ちが二百円しかないし、目の前のお皿の上にクジャクのような形でたたまれている布の使い道もわからない。おまけに皿の両側や向こう側には、数本のナイフとフォークとスプーンが並んでぼくにプレッシャーをかける。

昔、親父に言われたことがある。

「おまえもテーブルマナーのひとつくらいは覚えとかんと、肝心なときに恥をかくぞ」

ぼくは、「そんな気取った場所で、食事なんかせんけん大丈夫や」と相手にもしなかったが、まさか、その「気取った場所」が、このタイミングでやってくるなんて思ってもみなかった。

大西さんがメニューを見ながら注文をしているときに、隣にいる長森に頭を近づけてようやく小声で声をかけた。

「こんなとこ来るなんて知らんかったから、二百円しか持ってないんやけど」

彼女は、クスッと笑って、同じように頭を近づけて小声で言った。

「大丈夫よ。いざとなったら、わたしもいっしょにお皿を洗ってあげるわ」

彼女の言い方で冗談だということはわかるが、本当に大丈夫なのか……。

長森は姿勢を戻し、背筋を伸ばしてから、咳払いをひとつしてみなの注意をひいた。

「ええ、それじゃあ、わたしのほうから紹介します。大西先生、こちら伊福大祐くん。わたしのクラスメイトなの。そして、伊福くん、こちらは大西先生。ムッシュって呼ばれていて、今は幼稚園の理事長先生をしているけれど、その前は大阪のロイヤルクラウンホテルで総料理長をされていたのよ。日本のフランス料理界で大西先生のことを知らない人はいないってほどの有名人」

ぼくは、あっけにとられて、ぽかんと口を開けたまま固まってしまった。

大西さん、いや、ムッシュはその様子を見て、急に大きな声を上げて笑い出した。

「おい、おい真苗ちゃん。その様子じゃぁ、伊福くんはまったくどこに行くかを知らされずにここまで連れてこられたって感じやな。それじゃあ、かわいそうや」

「そう思ったんだけど、せっかくムッシュとお話しすることができるから、ムッシュがどういう人なのか、直接聞かせてあげられたらと思って、わたしはできるだけ何も話さないようにしたんです」

彼女はそう言うと、ぼくのほうを向いた。

「ムッシュはね、若い頃たったひとりで船に乗ってフランスに渡ったの。そしてパリの五ツ星ホテルのレストランで雇ってもらえた最初の日本人なのよ。そのお話が本当にすごいんだ。わたし、何度聞いても感動しちゃうの」

なんだかよくわからない展開だった。

昨日までの日常の中に、こんな場所でフランス料理界の重鎮と同じテーブルで食事をするなんてシーンはまったくなかった。昨日までどころか、将来そんなシーンがあることすら想像していなかった。

ところが、今、目の前でそれは起こっている。

すべては、長森真苗というひとりの女の子との出会いから始まったと言っていい。

ぼくはムッシュの話を聞きながら、目の前に運ばれてくる一皿一皿を、ムッシュの食べ方を真似ながらおそるおそる平らげていった。


彼女が言うように、ムッシュの話は感動的だった。

はじめてのことばかりの緊張から、はじめは「へぇ〜」と頑張ってうなずくようにしていたが、次第にその話に引き込まれていった。

船が神戸の港を離れるときの寂しさ、パリでお金が底をついたときの苦しさ、命の恩人であるマダムとの出会い、そのマダムの店での修業の日々、ホテルに通い詰めて直談判をした毎日……。

奇跡的な偶然からようやく厨房で働けるようになるまで、聞けば聞くほど、頭の中にパリで夢に向けてがむしゃらな毎日をおくるムッシュの若かりし姿の映像が膨らんでいった。

ぼくのおじいちゃんほどの年齢のムッシュが、そのマダムの話をするときには目を少年のように輝かせる。ぼくはその瞳に吸い込まれながら、耳を傾けた。

気がつくと、デザートのあとのコーヒーも飲み終わっていた。

あっという間の二時間半だった。

ムッシュは席を立つ前に言った。

「ふう。今日は本当に素敵な時間やったね。このテーブルで起こった出来事はほんの一瞬だったが、ここに並んだ料理にはひとつひとつ歴史がある。食材ひとつひとつにもそうだし、それを調理したシェフにも。

すべてはこの瞬間にしか生み出せないものだ。同じ瞬間は二度と訪れない。

我々三人がいっしょに食事をすることは今後もあるかもしれないが、今日と同じ時間をつくることは絶対にできない。食事を楽しむというのは、二度とないこの瞬間に集中するということなんです。きっとわたしは、今日のこの瞬間のことを一生忘れないだろう」

「わたしも忘れないわ」

ぼくも力強くうなずいた。

「そう考えると、本当に素敵な時間やったと思わんかね」

ぼくはなんだか、感動して目が潤んだ。

幼稚園の正門まで送ってもらうと、ぼくはムッシュに何度もお礼を言った。

ムッシュは笑顔で「また、おいで」と言って、建物の中に消えていった。

ぼくと彼女は来たときと同じように、南小学校の校庭を横切って正門へと向かった。校庭では小学生たちが汗びっしょりになりながら遊んでいた。

連休が明けて急に初夏の陽気が続いている。時間は午後二時だったが、二つ並んで歩く影が短く感じられた。

ぼくたちはどちらから誘うでもなく、正門近くの池の周りにある石でできたイスに並んで座った。二人の距離は友だちとしてストレスを感じない距離だった。

もちろん恋人同士の距離ではない。

「どうだった？」

首を傾けて微笑みかける彼女のまなざしに、鼓動が速くなるのを感じた。

「いやぁ、なんて言ったらいいかわからんけど、なにか夢見てるみたいやな。この近くにあんな世界があるなんて知らんかったし、あの幼稚園の理事長さんがそんなすごい人だなんて思ってもみんかったし。なんかちょっとしたテーマパークに行って帰ってきたような不思議な感覚や」

「テーマパーク？」

「ああ、別世界というか、時代劇のセットというか。わかるかなぁ。あの時間はたしかにあったんやけど、自分の毎日の生活に戻ってくると、やっぱりあんな場面はない」

「うん、なんとなくわかる」

「でも、まあ、俺たち庶民には二度と味わえん世界やな」

「自分のことを自虐的に言うのはかっこいいとは思えないわ」

ぼくは驚いて、彼女のほうを向いた。

彼女はおとなしそうに見えて、言いたいことは、はっきり言うタイプのようだ。

「この国を変えるくらい大きなことを考えて生きるって言ったのはウソなの？」

彼女は笑っている。

「あれが本心なら、庶民には二度と味わえないというのは本心じゃないことになるし、庶民には二度と味わえないと言ったのが伊福くんの本心なら、この国を変えるくらい大きなことを考えて生きるっていうのが本心じゃないってことになるもんね。だって、この国を変えるくらい大きなことを考えてる人が、『どうせ、俺たち庶民には二度と……』なんて……」

「わかった、わかった。また味わうよ。今度は自分の力で」

「わかればよろしい」

ぼくはやれやれというポーズを見せた。

「それに、わたしだって伊福くんの言う庶民に変わりないわ」

「そんなことないやろ。だってかなり裕福な家庭に育たんと、ふつうは、あんな人と友だちになれんやろ?」

「きっと、わたしの家のほうが伊福くんの家よりお金は稼いでないと思うよ」

ぼくは意外な気がした。レストランでの彼女の大人っぽい慣れた振る舞いや、ムッシュのようなその世界の一流の人と友だちだったりすることから判断すると、絶対にいいところのお嬢さまに違いないと思い込んでいた。

「ええとこのお嬢さまちゃうの?」

長森は吹き出して、声を上げて笑った。

「そんなわけないでしょ。うちはふつうのびよういんだよ」

「病院?」

「美・容・院! パーマ屋!」

「パーマ屋さん?」

「そうよ」

「お父さんは何をしてる人なん?」

「お父さんが美容師なの。お母さんはいないわ。わたしが小学校に上がってすぐに天国に行っちゃった」

ぼくはどんな言葉をかけていいのかわからなかった。

ぼくの親父は、地元のビール工場で働いている。こんな言い方はなんだが、給料は同じ会社のほかの人よりもいいらしい。母さんは市役所の職員だ。ぼくは何不自由なく育った。にもかかわらず、自分でもわかっているが、結構わがままだし、高校を卒業して大学に進学するにも、親のスネをかなり期待している。

そんなぼくが、十年もお母さんがいない子の痛みをわかってあげられるはずもない。

「まあ、おかげで料理の腕には自信があるのよ。お父さんのお弁当だって毎日わたしがつくってるんだから。いい奥さんになれそうでしょ」

黙っているぼくを見て、彼女は話題を変えるように明るく言った。

ぼくは、笑顔をつくってうなずいた。

「そしたら、どうやってムッシュと友だちになったん?」

「講演会」

「講演会?」

「伊福くん、親から勉強しなさいって言われたことある?」

「ああ、あるよ」

「そのとき、なんで勉強しなさいって言われた？」

「少しでもいい大学に入っておけば将来就職してからが楽だから、今のうちにできるだけ頑張っておけって」

「学校の先生も同じようなことを言うよね。でも、うちは違ったんだ。お父さんはね、学校を卒業してからが本当の勉強だから、今のうちにできるだけ勉強を楽しめる人になれっていつも言ってる。きっと親が就いている仕事の違いだね。伊福くんは、この街にいくつの美容院があるか知ってる？」

「十くらい？」

「この小学校の学区内だけでも七十もあるのよ」

「そんなに？」

ぼくは単純に驚いてすっとんきょうな声を出した。

「そう。毎年どんどん新しいお店ができていくわ。そんななか、お店が生き残るためには何が必要かわかる？」

「やっぱり技術やろ？」

「技術は当然なければダメよ。そうでなければ選ばれないもの。だけど、それ以上に大切なのは勉強し続けることなの。人間はね、はじめて会ったときには相手のことをなんにも知らないから、その人が経験してきたこととか聞くと本当に面白いし話が盛り上がる。でも、だいたい二十時間で、話は尽きてしまうらしいのね。すると、いっしょにいても、つまらなくなっちゃう」

「腕がよければ、生きていけるってわけじゃないんやな」

「そうよ。実際に流行ってるお店は、技術がすごくいいお店よりも、雰囲気がいいとか、感じがいいとか、話が合うとかそういった要素がそろってるお店よ。それに、みんな新しもの好きだから、新しいお店ができるたびにそこはお客さんで賑わうことになる。

　でも、新しいお店も、そのうちお客さんが減って落ち着く場所がある。どのあたりで落ち着くかは『また行ってみたい』と思える度合いによって決まってるわ。そして、それを決めるのは、技術も大事だけど、話が合うかどうかなのよ。だって、一対一で映画一本分の時間いっしょにいなければならない仕事って、そうないでしょ」

「俺の場合は、マンガ読んでるけどね」

「女の人はおしゃべりが大好きなのよ。おしゃべりをしていて楽しい人のいるお店が繁盛するの。お客さんは月に一度しか来ないけど、本が好きな人もいれば、映画が好きな人もいる、旅行が好きな人もいれば、テニスが趣味の人もいる。そのお客さんが前に来たときに話した面白い本の話を、一ヶ月後、もう一度するわけにはいかないの」

「結構たいへんな競争があるんやな」

「わたしたちの年代で美容師になりたいっていう人は、あまり勉強が好きじゃない人が多いでしょ。大学に行かない人とか。でも、実際に美容師になって、この世界で生きている人は大学を出た人たちよりも勉強している人が多いと思うわ。

わたしのお父さんもそう。いつもいろんなジャンルの本を読んでは勉強してるし、いろんな映画も観るし、勉強会とか講演会なんかがあると必ず足を運んでいるもの。はじめはそうしなければ生き残れないという必要に迫られて始めたことかもしれないけど、今では勉強して工夫するのが楽しくってしょうがないっていつも言ってる」

「へえ、そうなんや。それで長森も？」

彼女は小さくうなずいた。

「そんな人いないって思われるかもしれないけど、わたしにとっては子どもの頃からお父さんといっしょに講演会を聴きに行くのはふつうのことだったんだ。

ほら、同じクラスの山田くんいるでしょ。彼は学校の部活には入ってないけど毎日ゴルフをやってるって有名でしょ。彼もお父さんがゴルフが大好きで、小さい頃からいつもいっしょに連れて行かれたからそうなったって言ってたじゃない。わたしの場合はそれがたまたま講演会だったの」

「珍しいパターンやな」

「そうだと思う。でも、同じように親子で来る人も結構いるんだよ。おかげで日本全国に友だちがいるんだ」

「で、ムッシュはその講演会で知り合ったん？」

「そう。美容師も勉強熱心だけど、幼稚園の先生たちも勉強熱心なんだよ。やっぱり努力したり工夫したりして選ばれなければ生きていけない職種の人たちは自然とそうなるのよね。でもムッシュは話を聴きに来たわけじゃなくて、講演をする側だったけどね。そこでムッシュのお話をはじめて聴いたの。そうしたら、わたしの実家の近くだ！　ってわかって、講演のあとに話しかけたら、実家に帰ったときにはいつでも遊びにおいでって言ってくれたの。そのときは、わたしたちはまだ東京に住んでたから」

ぼくは感心したように、「ふうん」と唸った。

「それにしても、そんなすごい人がこんな小さな街におるなんて、すごい偶然やな」

「アンテナの問題だと思うよ」

「アンテナ？」

「そう、偶然じゃなくて、わたしたちは知らないだけ。すごい人はこの小さな街の中にもたくさんいるんだよ。たとえばわたしのお父さんだって、実は数年前、東京で行われた美容師のコンクール全国大会で優勝したんだから。この地域に住んでいるわたしたちの同級生で、高校を卒業したら美容学校に行こうと思っている人も何人かいるけど、こんな近くに、全国で優勝するレベルの美容師の技術を学べる場所があるなんて誰も知らないでしょうね。

同じように、わたしたちが知らないだけで、いろんな分野のすごい人がこの地域にもたくさんいるんだと思うよ。ただ、住む世界が違う、別のテーマパークに住んでるから、気がつかない」

「それがどうしてアンテナの問題なん？」

「人間はね、自分のアンテナを持っていて、ラジオみたいに自分が合わせた周波数の情報を受け取って生きているんだって」

「ラジオの周波数？」

「そうよ。たとえば、道を歩いていると、わたしは新しい美容院ができたとか、ここの美容院のカットはいくらだとかが気になるけど、伊福くんはその道に美容院ができたことにすら気づいていないでしょ？　人間は自分が興味を持っている情報を引き寄せて集めてくるの。伊福君だって、わたしがまったく興味のない情報に反応しているはずよ」

「たしかに。ビールだ！」

「ビール？」

「ああ、うちの父さんはユウヒビールの工場で働いているんや。だからスーパーとかに行くと、ユウヒビールがどれだけ売り場面積を占めてるかとか、どれくらい売れてるかとか、広告に使っているタレントが誰かとか、無意識のうちにチェックしとる。そういうことやろ」

「そうね、わたしはそんなこと、気にも留めていなかったわ。でも、今日からきっと気になるわね」

「長森は、頭いいな。そんなこと考えもせんかったよ」

「ある本で読んだ受け売りよ。タイトル忘れちゃったけど、『なんとか日和』だったっけ。たしか女の子が主人公の本だったかな……今度、調べておくね」


二人で話をしているときに、彼女のほうから「今度」会うときの話が出てくるのは嬉しいことだった。そんな小さな言葉ひとつに、飛び上がらんばかりに喜んでいるぼくがいた。

「本を読むのも、お父さんの影響？」

「そうね。でももともと本を読むのは大好きなの。わたしと付き合う人は本好きの人じゃなきゃダメね」

危うく「俺、本はまったくアカン人や」と言いそうになったのをグッと呑み込んだ。

「それに、部活の帰りとかにさ、本を読んでる男の人ってかっこいいもん。それだけでグッと来ちゃう」

ぼくは心のメモ帳にしっかりとその言葉を書き留めた。


やはり宮下先生の言ってることは正しい。

好きな子に、「本を読んでる男の人ってかっこいい」って言われると、この国は本好き男子であふれるだろう。ぼくはまさにその中のひとりになるのだ。

「本の中にはね、未来に恋することができる言葉がたくさんあるの」

「未来に恋する……?」

「そう、未来に恋する。わたしたちの毎日には暗いニュースや将来が不安になる情報があふれているでしょ。大人たちも、なんだか未来に不安を抱えているというか……。先生たちだって口を開けば、おまえたちの時代はたいへんだぞ〜って、未来を見てきたわけでもないくせに、判で押したようにそればっかり。

でも、わたしたちの未来は明るいって思わせてくれる本もあるのよ。希望にあふれてるって信じられる言葉とだって出会えるの。そんな言葉と出会ったときには、本当に夜も眠れないくらい興奮するし、その本を書いてくれた人に心から感謝するわ」

ぼくは本を読まない人だったから、彼女が言っている「言葉と出会った瞬間」のことはよくわからない。でも、ぼくたちの将来は希望にあふれているっていう言葉には、明らかにぼくの目の前の視界を明るくしてくれる響きがあった。

ぼくはそのワクワクを、宮下先生の言葉で何度も経験している。

「なんて言ったらええかわからんけど、未来に恋するってええ言葉や」

「でしょ。お父さんの師匠の言葉なの。残念ながらこれも受け売り。でね、ようやく本題」

「本題？」

「あれ、今日は何のためにここに来たのか忘れたの？」

ぼくはすっかり動揺してしまった。実際のところ理由なんてどうでもよかった。ただ彼女とデートができるという思いだけで舞い上がっていたし、少しでも二人の距離が近づけばそれでいいと思っていた。

実際に、今だって彼女の話を聞きながら、心の半分では、どうやって次の約束を取りつけるか、そのことだけに頭をフル回転させているのだ。

「どうして、仙台か……知りたいんでしょ」

「ああ、そうそう、どうして仙台か」

「仙台にその師匠がいるからよ。大学に行きがてら、アルバイトでもなんでもいいからお仕事のお手伝いをさせてもらおうと思ってるの」

「なるほど、そういうことやったんか」

彼女はちょっと困ったような顔をして下を向いたまま、話し続けた。

「やっぱり、ちょっとふつうじゃないでしょ、わたし。これ、聴いてみて」

彼女はポケットからｉＰｏｄを取り出した。

ぼくはイヤホンを耳に入れた。

彼女が身につけたものを自分も身につけるというだけで、胸が高鳴る。のぼせて鼻が膨らんでいるのを隠し切れてはいないだろう。

そこから流れてきたのは、人の声だった。きっと彼女の言う師匠の声なのだろう。

「まあ、ｉＰｏｄでこんなの聴いてる女子高生いないと思うよね。でも、わたしが育った環境ではそれがあたりまえのことだったんだ」

ぼくはそれを返しながら、自分の音楽プレーヤーを差し出した。

「いや、わかるよ。実は俺にも人には言えない習慣がある」

「何？」

「これ聴いてみ」

彼女がおそるおそるイヤホンを耳に差し込むのを確認すると、ぼくは再生ボタンを押した。彼女は大きく目を見開いてぼくを見た。

「落語？」

「そう、落語。親父が好きでね。移動の車の中では小さい頃からいつもこれやった。うちではそれがふつうやったけど、誰にも言えんから」

ぼくは彼女と笑い合った。


結局、ぼくたちは、お互いにCDを貸す約束をして別れた。

ぼくは落語のCDを、彼女は講演のCDを持ってくることになった。

ぼくは何人もいるお気に入りの落語家から誰のCDにするのがいちばん面白いか、必死で考えた。相手は女子高生だし、落語の世界をよく知っているわけではない。そんな子が面白いと思えるのはどれか、結構悩んだ末に一枚に決めた。

一方で、借りるほうに関しては、それほど中身を楽しみにしていたわけではなかった。

講演会なんて言われても、本当はあまり興味が持てなかった。一年に一度、学校でも体育館に集められて、誰だかよくわからない人の講演を聴くことはあったが、その時間はぼくにとって寝る時間と決まってる。

まだ、このときは、とにかく彼女をぼくを繋いでくれるひとつのアイテムとしてしか、講演会のCDなるものに意味を見いだしていなかった。

その日、家に帰ると、貯金箱から千円札を二枚抜き取って財布に入れ、また家を出て本屋に向かった。本当は帰りに寄りたかったのだけれど、手持ちがなくてはどうしようもない。

ふだん本なんて読まないぼくは、本屋に行ったところでどんな本を読んだらいいかわからず、店内の同じところを何度も行ったり来たりしていた。

やはり、かっこいい人が読んでそうな本じゃないといけない。流行の本じゃダメな気がする。悩んだ末に、幕末が舞台のある歴史小説を手にした。

彼女は歴女だし、きっとこの小説から得られる知識が二人の会話を盛り上げてくれるに違いない。

ブックカバーをつけてもらうと、自転車のかごに袋ごと投げ入れ、家に向かった。

男って本当にバカだ。

いや、バカなぼくがたまたま男なのか。

それまでは本にまったく興味を持たなかったぼくが、大事にためておいた貯金を使って歴史小説を買ったのだ。

恐るべき恋の力。

＊

その日を境に、ぼくは、特に話しかけるための話題を探さなくても、自然と彼女と話ができるようになった。

どんな小さな話題でも、話したいと思えば話しかければいい。以前は、そんなふつうの会話すらできないほど、ぼくは彼女の前では緊張していたということだ。

でも、今は違う。

その進歩が自分でも嬉しかった。

ぼくと彼女のCDの貸し借りは、お互いの三本目まで続いている。この先どこまで続くのだろう。できれば、いつまでも続けていたい。

彼女に貸した落語のCDが返ってくると、ぼくはそのCDのケースを見てなんだかうらやましくなり、心の中でケースに話しかけた。

「おまえは、彼女の部屋に入ったんやろ。ええなぁ。どんな部屋やった？」

完全な変態だ。

とてもそんなことを考えているなんて他人には言えない。でも一方で、健全な男子として当然の反応だと開き直っている自分もいる。

やっぱり男はバカだ。

女の子も同じようなことを考えたりするんだろうか。

彼女はCDを返してくれるときに、その落語を聴いた感想を書いた手紙を挟んでくれた。

今のところ、「芝浜」がいちばんお気に入りらしい。あそこに出てくる夫婦の関係、距離感が好きだと書いてあった。

ぼくもそれを真似て、CDを返すときに、彼女が貸してくれた講演のCDを聴いた感想を書いた手紙を入れた。

感想の手紙を書くためにも、CDをよく聴かなければならない。

最初は、本当に内容なんてどうでもよかったし、まったく期待もしていなかった。ただ単に彼女と仲良くなりたかった。それだけだった。

ところが、何度か聴いているうちに、その話が面白くてしかたなくなっていった。

最初に貸してくれたのは、先生の先生をしているという城下晴彦さんという人、まず、先生の先生という職業自体はじめて知った。そしてCDが終盤の佳境にさしかかると、感動の話の内容に涙が止まらなくなった。講演会の話に感動するなんて、自分がいちばん驚いて、移動中とか、人前で聴かないでよかったと心底ホッとした。

次に貸してくれたのが、彼女のお父さんが「師匠」と呼んでいる加藤芳雄さん。そして、今、借りているのが北海道でロケット開発をしている重松豊さん。

どの人たちも、ぼくの知らない世界の人たちで、話が面白く、聴きはじめると時間を忘れて引き込まれていった。ちょうど宮下先生が授業でしてくれる話と同じ心地よさがどの講演にも感じられた。いや、それ以上の感動だった。なにしろ、どの人の話も聞いていると最後は涙が出てくるのだ。

もちろん、そんなこと恥ずかしくて彼女にも言えない。

ぼくは宮下先生の授業よりも面白い話をする大人がいるということに驚き、そして単純に嬉しかった。

たしかに彼女の言うとおりだ。ぼくたちが知らないだけで、この世の中にはいろんな世界で活躍しているすごい人がたくさんいる。きっとそうなんだ。彼女が貸してくれたCDはそのことをぼくに教えてくれた。ぼくは、それらの話に影響を受けて、自分の将来について考えが変わりつつあることを自覚していた。

彼女との出会いは、今のぼくだけでなく、将来のぼくすら変えはじめていた。

ただ、彼女と仲良くなればなるほど、それまでなかった感情に支配されはじめている自分に気がついた。

最初は、隣の席に座っている彼女を時折横目でチラッと見るとか、一日一度でいいから話ができるだけで嬉しかった。それだけで幸せだと思っていた。そして、緊張せずに話ができるようになれたらどれだけ幸せだろう、と考えていた。

ところが、ぼくの欲求にはゴールがなかった。

ふつうに話ができるようになった今、それ以上のものを求めている。

ふつうに話をするだけでは満足できなくなっている自分がいる。

もっと仲良くなりたい。

いや、はっきり言おう。

ぼくは彼女のことが好きだ。

だから、彼女が誰を好きなのかが気になる。

もしかしたら自分のことを好きなのかも……と思える瞬間は本当に幸せだ。

たとえば、二人きりではなかったけど、彼女といっしょにレストランで食事をしたことがある同級生の男子は、きっとぼくだけだろうし、彼女とＣＤの貸し借りをしている相手もほかにはいないはずだ。

状況証拠だけを集めていくと、彼女もぼくのことを好きなはずだ……そんな気もする。


ところが、ひとりだけ気になる存在がいた。

宮下先生だ。


授業を重ねるたびに、彼女は宮下先生とどんどん親しくなっていく。その様子を見て、ぼくは少しずつ宮下先生に嫉妬するようになっていった。

あれほど、尊敬して楽しみにしていた宮下先生の授業も、彼女との関係のことばかりが気になって集中することができなくなった。

二人が時折交わす目線と、ぼくには向けたことのない無防備な表情で宮下先生を見つめる長森の目。

そして、決定的なのは……

二人の距離。

彼女は、ぼくと話をするときに無意識のうちにとっている距離と、宮下先生と話をするときの距離が違うことに気づいていないだろう。

彼女と宮下先生が会話をするときの距離は、家族や恋人でなければ入れない境界をやすやすと越えている。

ぼくの見る限り、宮下先生はほかのどの生徒とも、「先生と生徒の距離」以上に踏み込んで会話などしていない。その距離を簡単に超えるのは、長森だけだ。

まあ、宮下先生も生徒として長森のことをかわいがっているだけで、彼女のほうとしても、恋愛対象から外れているから気軽に近づいたりしているだけなんだろう。

そんなふうに、自分を納得させる理屈をもちだして自分に言い聞かせてはみるが、心の中に湧いてくる嫉妬心を抑えられない。嫌な胸騒ぎがする。

絶対にあり得ないことだけど……。

あってはいけないことだけど……。

まさかこの二人……。

そう思う一方で、ぼくを見て微笑む彼女のえくぼを思い出し、自分の品のない想像を戒める毎日が続いている。


借りていた三枚目のＣＤを返す約束の日、ぼくは四枚目のＣＤを持っていった。

「もし、今までのを気に入ったんなら、これも聴いてみて」

彼女は嬉しそうにそれを受け取ってはくれたが、彼女のほうは四枚目を持ってきていなかった。

ぼくはがっかりした。

その日、彼女はどことなくよそよそしい感じがした。

いつもといっしょだったと言えば、そうかもしれない。話しかければちゃんと返してくれるし、特に無視をされるわけではないが、最高に話が盛り上がるときなど、話が途切れることなく休み時間なんてあっという間に終わってしまったものなのに、この日は、会話に広がりがなく、途中で終わることが多かった。

「今日も、弁当自分でつくってきたん？」

「そうだよ」

いつもなら、朝起きるのがたいへんなことや、前の晩の残りが何だから、それを使ってとか、スーパーに行く時間がなかったからあるものでつくったとか、とにかくいろんな話を後ろにつける彼女が、「そうだよ」と言ったきり黙った。

ぼくは、「ふうん、たいへんやな」と繋ぐのに精いっぱいだ。そうこうしているうちに、クラスの別の女子が話しかけてきて、彼女を廊下の外へ連れ出してしまう。

もはやぼくは、彼女の一挙手一投足で感情を大きく揺さぶられる「恋する男」になってしまった。


人間は、たったひとつの出来事で、人生を悲観したりバラ色に見たりと、その思いは忙しく切り替わる。そんなことに気づいたのも、人を好きになったからかもしれない。

モヤモヤした気持ちを抱えたまま家に帰ったぼくを待ち受けていたのは、一転、それまでの人生で最高に幸せな瞬間だった。

彼女が返してくれた三枚目のＣＤに添えられた手紙を読んで、それまでの暗い気持ちなんてどこかに飛んで行ってしまった。

そこにはこう書いてあった。

「これまでわたしが伊福くんに貸したCDを気に入ってくれたのなら、きっと次の人も気に入ると思って用意してあったんだけど、偶然、来週の土曜日、その人の講演会が隣の市の公会堂であるんだ。いっしょに行かない？　きっとライブで聴いたほうが感動すると思うよ」

まさに、今、世界の中でいちばん幸せな人は誰かと聞かれたら、「ぼくです！」と手を挙げるだろう。

ぼくは一も二もなく、すぐ机にかじりついて返事を書いた。

返事はもちろん。

「絶対、行く！」

そして、ぼくはあることを決めた。

その日、彼女に告白をしよう。

そう決めた。

＊

それからの十日間、ぼくは、告白をするシチュエーションやタイミング、セリフなどを頭の中で練りに練った。

もちろん相手があることだから、こちらの予想通りにことが運ぶとは限らない。あらゆる想定をして、こういうときはこうしよう、ここでこうなったらこうしようと、自分の中でストーリーを枝分かれさせては、ひとつひとつシミュレーションした。

その瞬間のことを考えるだけでドキドキする。

でも、この告白がうまくいけば、彼女は文字通りぼくの「彼女」になる。

そうなれば、最高の誕生日を迎えることができる。

そう、彼女といっしょに行く講演会の次の週は定期テストがあって、それが終わってすぐの日曜日はぼくの誕生日だ。

彼女と学校で顔を合わせるたびに、想像した。

「ぼくのことをどう思ってるのか……」

きっと付き合ってくれると確信すると同時に、ふつうの男友だちとしか思っていないのかもしれないと不安にもなる。そんな毎日を過ごした。

特に宮下先生の授業があった日は、不安が期待を上回った。

宮下先生といっしょにいるときの彼女は、そのときしか見せない表情をたくさん持っている。先生が冗談を言ったりすると、躊躇なく平手で先生の肩を叩いて突っ込んだりもする。

ぼくには触れようとしたことすらないのに。

先生はもともと恋愛対象として見ていないから、気軽に触れることができるのかもしれない。クラスメイトだと、触っただの仲がいいだのと、すぐ噂になる。ぼくのことを恋愛対象として意識しているからこそ、距離を置いているという可能性もないわけじゃない。

そう思い込むことにした。

土曜日は朝から雨が降っていたにもかかわらず、講演会は大盛況。白藤宗一郎さんというヨットマンの話は、ぼくたちの常識をはるかに超える壮大なスケールだった。たったひとりで大きなヨットに乗り込み、世界一周とかをしてしまう信じられない人だ。

ぼくにはそんなことはできそうにない。太平洋や南氷洋のど真ん中で十数メートルもの波が立ち上がる嵐に揺られて、ヨットの中に何日もひとりだけでいるなんて……。

想像しただけで気が変になる。でもそれをやっている人が目の前にいる。

なにより命をかけた生き方がかっこよかった。

ぼくには同じことはできないけれども、自分の命をかけて、何かをやろうとするかっこいい大人になりたいと心から思えた。

ぼくは、白藤さんの話に心から感動したし、彼女もきっと感動したに違いない。

そんな時間を二人で共有できたことで、ぼくは幸せだった。


そして帰り道。告白するタイミングとしては、これ以上ない絶好の状況だった。

ぼくたちは、並んで歩きながらバス停へと向かった。

「ありがとう、長森。俺、長森と出会わんかったら、講演会なんて興味を持たんかったし、こんなにかっこいい大人がたくさんいるってことも知らんままだったよ」

「宮下先生以外には……でしょ」

彼女は屈託のない笑顔でそう言ったが、きっとぼくの表情は引きつっていたことだろう。

そのとき、いちばん聞きたくない名前だった。

ぼくたちは、バスに乗り、その日の講演会で聴いた話で盛り上がった。

バスが南小学校前の停留所について、ぼくたちは降りた。

ここがぼくの考えていた告白ポイントだ。緊張した。

彼女が先に降りて、ぼくはあとに続いた。

ぼくの場所からは、彼女がさしている赤い傘しか見えない。

ぼくは、悟られないように大きくひとつ深呼吸した。

バス停にはほかに人影はなく、ぼくの紺と彼女の赤の二つの傘の花が咲いていた。


「長森、ちょっとええかな」

「ん?」

振り返った彼女のなんと愛らしかったこと。

この告白が失敗に終わったら、きっとこの笑顔をこれほど近くで見ることはできなくなるんだろうと思うと、ここまで築きあげてきた決心が鈍りそうになる。

ぼくは勇気を振り絞った。

「あまり大きな声では言えんことやから、ちょっと耳を貸してくれんかな」

「何?」

彼女は顔を少し傾けて、左の耳をぼくのほうに向けた。

ぷうんといいにおいがした。

ぼくは、クラクラしながら口を彼女の耳に近づけた。

それまでいちばん近づいた瞬間だった。知り合いの距離から、親しい友人の距離、それを一気に飛び越して、好きな人にしか許さない距離の中に入った。

ぼくはすぐに言葉を発することができず、すごく近い距離のまま、彼女の横顔、その頬や唇を見つめて固まってしまった。

彼女が唇の内側をぎゅっと舐めているのがわかった。

変な間が空いた。

「言わな！」

そう思った瞬間に、彼女は顔を引いて笑い出した。

「ちょっと、何？　伊福くん。言いたいことがあるなら早く言ってくれないと、そんなに近くでじっと見られると恥ずかしいよ」

「ああ、すまん、すまん。わかった。すぐ言うから。もう一度耳を貸して」

彼女は照れたような笑いをこらえるようにして、もう一度、左耳を寄せてきた。

ぼくは口を近づけて、小さな声で言った。

「好きや。付き合ってほしい……」

運悪く、大きなトラックがバス停の横を通り、水たまりをはねる音とエンジンの音がぼくの言葉に重なった。

彼女の表情を見る。

先ほどと変わらず、照れたような、笑いをこらえるような顔をしてうつむいている。

「聞こえた?」

彼女は、傘で顔を隠すようにして向こうを向いてしまった。

照れているのか、それともダメか……そもそも、聞こえなかったのか……。

ぼくは彼女の表情を見ようとしたが、彼女は傘に隠れたままで見せてくれない。

ぼくは傘越しにもう一度声をかけた。

「今の聞こえた?」

「うん」

かすかにそう聞こえたような気がした。

バス通りを何台かの車が通りすぎる間、ぼくたちはしばらくそうして立ち尽くしていた。

彼女は背中を見せたままだ。

ぼくは不安になってきた。

「こっちを向いて返事を聞かせてくれんかなぁ」

ぼくがそう言うと、彼女はゆっくりと振り返った。

えくぼが見える。喜んでいるように見える。彼女も嬉しくて笑っている。きっとそうだ。

「返事……月曜日でもいい？」

「ああ、ええよ」

「じゃあ、月曜日。学校ではちょっと恥ずかしいから、学校、始まる前に来てほしいところがあるの」

「どこ？」

「伊曾乃神社。朝七時に御神木の前」

「朝七時に御神木の前やな。でも、なんで神社なん？」

「わたしの好きな場所だから」

彼女は笑ってそう言った。ぼくは彼女はＯＫしてくれると確信した。

「遅れちゃダメだよ」

「ああ、そっちこそ」

「わたし？　わたしは遅れないわ。でも……」

「でも、何？」

「来なかったらあきらめて」

彼女はそう言っていたずらっぽく笑った。

ぼくは、ドキッとしたが、「わかった」と言うしかなかった。

それから、ぼくたちは、それぞれの家に向かって、反対の方向に歩きはじめた。

とにかく賽《さい》は投げられた。

そして、ぼくの直感が間違っていなければ、彼女はOKしてくれるはずだ。

期待と不安が入り交じった、なんともいえない気持ちのまま家に帰った。

とにかく明後日の朝には結果がわかる。


翌日の日曜日。

ぼくは家でじっとしていられなくなり、試験勉強もする気になれず外出した。

とはいえ、どこに行くわけでもない。ただ自転車で町中を走り回っていた。

景色のいい場所を見つけては、もし彼女と付き合いはじめたら、ここにいっしょに来ようとか考えた。幸せだった。

もちろん、ダメだったらどうしようという不安も常にあった。

何度、この不安と期待を繰り返しただろう。

堂々巡りをしている自分にいい加減、嫌気がさしてきた。

目的もなくブラブラしていても、時間をつぶせるわけではない。

家に帰って、この前買った歴史小説を最後まで読むことにした。

で、本屋の角を曲がって、大通りに出た瞬間にぼくの目に飛び込んできたものが、ぼくのすべての思考を止めた。


信号待ちをしている車は、何度か学校で見たことがある宮下先生のものだ。

そして、助手席に座っていたのは長森だった。

すぐに車は走り去り、角を曲がって見えなくなったが、ぼくは彼女を見間違えたりはしない。あれは間違いなく長森だった。

そして、彼女は泣いていた。

頭の中が真っ白になって、何も考えられなくなった。

なぜ、長森が宮下先生の車に乗っているのか。

そして、どうして彼女は泣いていたのか。

家に帰ってからも本を読むこともできず、ただベッドに横になって天井を眺めていた。

「どういうことや……？」
昨日バス停で告白をしようとした瞬間、彼女がちょっと身を引いたことが頭をよぎった。まったく親父から変なことを入れ知恵されたものだ。付き合っている者同士の距離のことなど知らなければ、これほど気にもしなかったのに。

結局、ほとんど眠れないまま、月曜の朝を迎えた。自分が眠ったのかどうかすら定かではない。約束の七時を待ち切れず、六時頃には家を出た。

いつも遅刻ギリギリのぼくがあまりにも早く家を出たから、母さんは驚いていた。

約束の伊曾乃神社には六時半には着いてしまった。

大鳥居をくぐり参道の坂道を四百メートルほど歩いて行くと、本殿につながる門の前に御神木はある。せっかく早く神社に来たんだからと、本殿に行ってお参りをした。

ちょっと奮発して、百円を賽銭箱に投げ入れ、悪い予感を吹き飛ばすように大きく二つ柏手を打った。

固く目を閉じ、告白の成功を念じながらも、頭の中に浮かんでくる映像は、宮下先生の車の助手席で涙を流していた長森の横顔だった。

御神木前で待っていると、参拝する人がポツリポツリ現れる。ひっきりなしというわけではないが、視界には常に誰かが参道を登ってくる姿が映る。

すれ違うときに、「おはようございます」と声をかけてくれるおじいちゃん、おばあちゃんがほとんどだ。

「あっ、おはようございます」とぼくもつられて挨拶を返す。

ちらっと時計を見た。

六時四十五分だった。

嫌な予感というものがある。彼女は来ないいんじゃないかとふと思った。

六時五十分。

ここから見える範囲で参道を上がってくる彼女の姿はない。

御神木の裏側などキョロキョロ探してみるが、やはり彼女は来ていない。

ぼくは何度も腕時計を見るようになった。

六時五十九分。

今、姿が見えたとしても、参道を駆け上がってくるまでに七時は過ぎてしまう。

彼女は言った。

「わたしは遅れないわ。でも……来なかったらあきらめて」

約束の七時が過ぎた。

鼓動が速くなるのを感じた。それでも何かの理由で遅れているだけかもしれないと、自分に言い聞かせてぼくは待った。

七時十分になった。

嫌な予感は当たるものだ。彼女は来ないのだろう。

それでもぼくはその場を去るタイミングをなくしていた。彼女が来るまでそこに待っていることしか、ぼくにはできない。

背後からまた、声をかけられた。

「おはようございます」

振り返ると、宮司さんがそこに立っていた。

「おはようございます」

ぼくは、力なく挨拶を返した。

「伊福くんですか？」

ぼくは驚いて顔を上げた。

「は、はい……」

「ある女の子からこれを君に渡すようにお願いされたんだが」

宮司さんは手紙を差し出した。

ぼくはおそるおそるそれを受け取った。

「ありがとうございます」

宮司さんは踵《きびす》を返すと、社務所のほうへと去っていった。

神木の緑が風に揺れて、ざわついた音を響かせた。

風に揺られた葉の隙間から降ってくる木もれ日が、手元の手紙をチラチラと照らした。

ぼくは封を切って中からカードを取り出した。

そこには、

「ゴメンね、伊福くん」

とだけ書いてあった。

ぼくは空を見上げた。

御神木の緑は相変わらず風に揺られて鳴っていた。

ぼくは足取り重く学校へと向かった。

これからどんな顔をして彼女に会えばいいのか……。

＊

彼女はその日、学校を休んだ。

女子の誰かが、担任の先生に「長森さんどうしたんですか？」と聞いた。

「ん？　なんか、風邪ひいたみたいや。電話があった」と間抜けな声でそう答えた。

「そんな理由やない！」

ぼくは心の中で叫んだ。


次の日、長森は学校に来た。

ぼくはできるだけいつもと変わらない様子で、彼女に声をかけた。

「よぉ、おはよう」

彼女は、最初に出会ったときと同じ笑顔をぼくに向けて言った。

「おはよう、伊福くん。そうだ。これ返しとくね」

「えっ。ああ。うん」

「面白かったよ、とても。ありがとう」

彼女は、ぼくが貸した四本目の落語のＣＤを返しながら言った。

ケースを触っただけで、ＣＤケースの中に手紙は入っていないのがわかる。

人間はほんの数グラムの紙の重さも微妙に感じ取ることができるのだろう。

実際、そこには手紙は入っていなかった。

だけど、彼女は言った。

「また、面白いのあったら貸してね」

「ん？　……ああ」

ぼくはどう返事していいかわからず苦笑いをした。

女心はわからない……。


教室の僕の席から見える外の景色は何も変わらない。

にもかかわらず、ぼくが住んでいる世界はまったく変わってしまった。

定期テストが始まった。

長森とは、朝と帰りにあいさつをする程度の仲に戻ってしまった。

あのまま、ぼくが告白をしなければ、あの関係は続いたのだろうか……。

彼女は「ゴメンね、伊福くん」とだけしか書かなかった。

どうして、ぼくは振られたのか。

そして、彼女と宮下先生の間には何があったのか。

聞きたいことは山ほどあったが、どうすることもできないままテスト期間が過ぎていった。


テスト明けの最初の授業が日本史だった。

授業前、ある噂が耳に入ってきた。

「宮下先生、辞めるらしいぞ。辞表を出してるところを見たって俺の後輩が言うてた」

そんなこと誰も信用していない様子だったが、ぼくは長森との間に何かがあったのだろうと直感した。

宮下先生が教室に入ってきた。

車の中で長森といっしょだったあのときの二人の表情が、脳裏に焼き付いて離れない。

ぼくは宮下先生をにらみつけた。

隣の席の長森はいつもとは違って教科書を開きもせず、机の上の一点を見つめていた。

テストが終わってばっさりと髪を切った彼女は、印象が前とはまるで違って見える。表情に笑顔がない。

「先生、日本史は覚えることが多すぎるよ。全部覚えるなんて無理やわ」

ひとりの生徒が声を上げた。

宮下先生は教壇に立つと、いつものように唐突に話しはじめた。

様子に、いつもと変わったところはない。

「人間は平均して三百人の人と直接関わり合いを持って生きてるらしい。
そして、その相手は年々少しずつ、ときには大きく変わっていく。
結果として一生では、一万人程度の人と直接関わり合いを持って生きることになる。
そして、そのすべての人の名前と顔を覚えている。
君らは勉強をするときに、覚えるのがたいへんや！　って声を上げるけど、
覚えることなんて簡単や。本当に難しいのは……」
宮下先生はちょっと間を置いて、一瞬、長森のことを見た。
「忘れること。一度覚えてしまったものを忘れることほど難しいことはない。
人間は覚える方法についてはたくさん編み出したけど、
忘れる方法はひとつも確実なものを持ってない。
忘れんなよ。難しいのは覚えることじゃない。忘れることや」

「なんか、今日は、言うてることが大人やな〜」

ある生徒が宮下先生を冷やかすように言った。

「君らだって、忘れられんで困ることの一つや二つあるやろ」

宮下先生が再びチラッと長森のことを見たのに気づいたのは、ぼくだけだっただろう。

彼女は、珍しく顔を真っ赤にしてうつむいたままだった。

そして、小さく、何か言った。

「バカ……」と口が動いたのはわかったが、そのあとの言葉はわからなかった。

そして、その直後、大粒の涙が彼女の頬を流れた。

ぼくは心臓を握りつぶされたように感じた。


次の日曜日、ぼくは十八歳の誕生日を迎えた。

前の晩、親父は犬を一匹買ってきて、母さんとぼくを驚かせた。

そして、「おまえの誕生日プレゼントだ」と言って、その子犬をぼくに差し出した。

十八歳の誕生日に犬をプレゼントされても、あと一年後には大学進学のために家を出ようと思っているぼくは、ちょっと当惑して、そのことを告げた。

親父は「そんなことはわかっとる」と言った。

「おまえがおらんようになったら、父さんが育てるから大丈夫や。それよりなんだ、まあ、子犬はええぞ。心が癒される」

ひとつ屋根の下に住んでいると、相手の状況がわかるのだろうか。意味深な言い回しは、ぼくが好きな子に振られたことをわかっているようでもある。

あとから母さんは、

「あなたがいなくなると寂しくなるでしょ。だから今のうちから母さんと二人になったときのために、家の中に味方をひとりつくっておきたかったんやないの?」

なんて言っていたから、本当のところはよくわからない。

ぼくは犬に「颯太」という名前をつけた。

十八歳のわたし

高校三年の一年間だけ、引っ越しするのは、とても勇気のいることだ。

東京での五年間の生活で、わたしはすっかり都会っ子になってしまっている。

今さら、お父さんの実家のある愛媛に帰ると言われても、はたしてやっていけるのだろうか。それもたった一年間だけ。

高校を卒業したら、わたしは大学に進学しようと思っている。

行き先もできればいい仙台がいいという話はお父さんも知っているし、賛成してくれた。

それなら、引っ越しするのをあと一年待ってくれればいいのにと思うのだけれど、

「お店のテナント契約と、住んでいた家の契約がちょうど同時に切れるから、おまえには申し訳ないけど、このタイミングで田舎に帰れれば百万くらい浮くんだよ」

なんて言われてしまえば、お父さんのその言葉にうなずくしかなかった。

まあ、わたしが決めることなんてできない。

わたしは、お父さんといっしょに帰ってくるほか、しようがないのだ。

せっかく仲良くなった友だちと別れるのは、本当に寂しい。でも、一年早まっただけだと思えば、あきらめもつく。

それより、新しい環境に慣れるかどうか、そのことばかりが気になる。

きっと転入する高校には、小学校時代の同級生が何人かいるだろう。

誰がいるのかはわからなかったし、誰がいたとしてもまったく違う環境で過ごした五年間が、仲が良かった友だちをも変えてしまっているかもしれない。

実際に、わたしも変わった。

まあ、「案ずるより産むが易し」って言うように、考えても始まらない。

とりあえず、行ってみなきゃわからないんだから。

ダメでも、一年我慢すればすむことだしね。

それに、転校することで、ひとつだけ楽しみなこともあった。

それは、ある先生の授業を受けること。


四月一日。

引っ越しのトラックとともに、五年ぶりの懐かしの我が家に到着したわたしたちは、業者さんが運び入れてくれる家具の荷をすぐに解いて、ひとつひとつ段ボールを片付けていった。

作業を始めて、一時間ほどたった頃、引っ越し業者の若いお兄さんがわたしを呼んだ。

「誰か来てますよ」

玄関に行ってみると、なんと、知佳が立っていた。

わたしは嬉しくて駆け寄った。

「知佳！　どうして今日来るってわかったの？」

「お店の工事をしているときに、真苗のお父さんに会って、いつ引っ越してくるか教えてもらったんよ」

わたしたちは手を取り合って再会を喜び合った。

東京で美容室を経営するというのは、お父さんなりの挑戦であり夢だったけど、最終的には自分の生まれ故郷に帰ってくるというのは、はじめから決めていたことらしい。

「自分を育ててくれた、この故郷に恩返しをしたい」

「愛媛に帰ろうと思う」と聞かされていた。

二年前おばあちゃんが亡くなって、主《あるじ》をなくしていた実家の一階部分を改装して、新しいお店をつくった。お父さんは、工事が始まってから何度か様子を見にここまで来ていたから、そのときに偶然、知佳と会ったのだろう。

「ちょっと待ってて」

わたしは、家に駆け込むと、

「ちょっと出てくる」とお父さんに告げた。

「ああ、できる限り父さんがやっておくから、ゆっくりしておいで」

「ありがとう」

ひとりで全部やらせてゴメン、お父さん。


知佳とは幼稚園からずっと仲が良かった。

小学校に上がってからもずっといっしょだった。

身体が大きくて男勝りな性格だった知佳は、引っ込み思案なわたしが男の子とかにいじめられると必ずわたしの前で仁王立ちになり、悪ガキどもを追い払ってくれた。

「ありがとう」

と言うと、知佳は、

「ええのよ。だっていつもわたしのほうが助けてもらっとるんやけん」

と言って笑った。

わたしは知佳のことを助けたことなんてなかったのに、いつもそう言って助けてくれた。

小学校があんなに楽しい場所として記憶に残っているのは、知佳がいてくれたからだ。

小学校の卒業と同時にわたしは引っ越すことになった。

卒業式の帰り、学校から家までずっと知佳と手を繋いで帰った。

二人とも言葉もなく、しゃくり上げながら涙を流して歩いて帰った。

あれから五年、こうやって二人、笑顔で並んで歩けるなんて、なんだか夢みたいだ。

相変わらず背は高いし、髪型も昔のまんまだけど、しばらく見ない間に美人になって……きっと知佳にもこの五年間いろんなことがあったんだろう。なにせ中学、高校時代だもの。

わたしにもいろんなことがあった。

「ねえ、これ覚えてる?」

知佳は、手のひらから小さなメダルを取りだした。

「小学校の卒業式の日に、真苗がくれたメダルよ」

硬い厚紙を丸く切ったものが金色の折り紙で包まれていた。小窓のようなものがついていて、わざわざ「あけて」と書いてある。いかにも小学生らしいつくりだ。

正直、自分がそれをつくったのかどうか覚えていない。

「『あけて』って書いてあるところ、開ける勇気ある?」

知佳はニヤリと微笑んで言った。

わたしは、受け取って、おそるおそる開いた。

そこには、

「わたし、ちかと結婚する」

と書いてあった。恥ずかしくて顔が真っ赤になった。

「ねえ、これ捨てていい?」

「いかんよ。わたしがもらったもんやもん」

わたしたちは、メダルの取り合いをしながら歩いた。

自分が何を書いたかは覚えていないが、わたしが知佳からもらった手紙のことなら覚えている。

「わたしは、昇くんのことがいちばん好きなんだけど、それよりも真苗のことが好き」

と書いてあった。

その手紙で、わたしは知佳が昇くんのことを好きだということをはじめて知った。それどころか、知佳が男の子に興味があって好きな子がいるということにいちばん驚いた。

でも、知佳も自分が何を書いたかなんて忘れていることだろう。

手紙って自分は忘れて、相手は覚えているから怖い。


久しぶりに会って、話が合うのかどうかなんて心配は無用だった。

わたしたちは、お互いの五年間を埋めるように、いろんなことを話した。

知佳は中学に入ってからバレー部に、高校ではソフトボール部に入ったらしい。

中二のときにはじめて彼氏ができて三ヶ月で別れてしまったこと。

その後、高一のときに彼氏ができたけど、半年で別れたとか、それでも今は片想いでいい人がいるんだとか。

あの知佳が男の子のことばかり話していることに驚いたし、見ていておかしかった。

聞いてばかりじゃ申し訳ないから、わたしも中三のときに付き合った彼がいて、それから二年間付き合ったという話をした。

「すご〜い、どうしたらそんなに長く続くん？」

ちょっとオーバーな知佳の驚き方は昔と全然変わっていない。

話す内容は変わってしまったけど、不思議と波長が合うのは昔と変わらない。

ああ、故郷に帰ってきたんだな、と思った。

わたしにとって知佳こそが故郷だった。

話しても話しても時間が足りない。

あっという間に日が暮れた。

でも、焦らなくたっていいんだ。

知佳はわたしが転入するのと同じ高校に通っている。

これから毎日だって会えるんだもの。

＊

新学期の初日でもある登校初日、廊下に名前が書かれた一覧が貼り出されていた。

残念ながら、知佳とは別のクラス。わたしは七組だった。

はじめて教室に入ろうとしたとき、前に並んでいた男の子の持っているクリアファイルが目に留まった。そこには、油性のマジックで、

「Live as if you were to die tomorrow. Learn as if you were to live forever.」と、ガンジーの言葉が書かれていた。


「明日死んでしまうかのように生き、永遠に生き続けるかのように学べ」


わたしが大好きな言葉だ。

そんな高校生見たことがないから、ちょっとおかしくなった。

いかにも優等生タイプかオタクっぽい変な子かと思って、よく見たら、背もまあまあ高

くて体格もいいし、なにより東京にいた頃の同級生と比べると、すれていないというか、割とかっこいいほうなのに素朴な感じが好感を持てる。

そんな子がいるクラスになったことで、なんだか面白いことが始まりそうな予感がしてたら、二週間後の席替えで、わたしはその男の子の隣の席になった。

偶然というのは恐ろしい。それがやってきたときには、はじめからそうなることが決まっていたかのような顔をして、わたしたちの目の前に現れるんだから。

「やっぱり、当たった！」

予感が当たったことが嬉しくて、思わず自分からその子に挨拶した。

「長森真苗です。よろしくね」

挨拶しておいて、なんだか自分らしくないぞって思ったわたしは、笑顔でそれをごまかした。その男の子は、不意を突かれたように
「あっ、ああ」とだけ言った。

まあ、そりゃ驚くよね。急に話しかけられたりしたら。

新しい学校生活が始まって、席替えをしてから四日たったとき、いよいよその時は訪れた。

この瞬間をどれほど待っていたことか。

授業前の休み時間に、これから起こることを考えるだけで笑いがこらえられなくなる。

幸い、隣の伊福くんが話しかけてくれたから、ひとりでニヤニヤせずにすんだ。

それでも、ウキウキする気持ちを抑え切れず、わたしの顔はニヤけていたに違いない。伊福くんに変なやつだと思われちゃったかもしれない。

チャイムが鳴り、その瞬間は訪れた。

教室に入ってきた輝兄ちゃんは、わたしが思っている以上に先生らしかった。

「なんだか、ちゃんとしてる。かっこいいよ、輝兄ちゃん」

心の中でそう叫んだ。


輝兄ちゃん。

「兄ちゃん」という呼び方をしてるけど兄ではなく、本当は叔父だ。

宮下輝雄。お母さんの弟。

輝兄ちゃんはわたしより八つ年上で、お母さんが病気で亡くなったあと、ううん、本当はその前からわたしのことを本当の妹のようにかわいがり面倒をみてくれた。

お父さんが仕事で家にいなくても、輝兄ちゃんがいつも来てくれたから寂しくなかった。

お父さんが講演会に行くときは、わたしと輝兄ちゃんをいつも連れて行ってくれた。

輝兄ちゃんは、叔父さんだけどやっぱりわたしにとってはお兄ちゃんだ。いや、叔父さんだから、本当のお兄ちゃんよりずっと優しかったのかもしれない。

その輝兄ちゃんが、学校の先生になるなんて意外だったけど、もうあと一年で辞めるって言ってたから、その最後の年に授業が受けられるなんて本当に運がいい。

もしかしたら、お父さんはそのことも考えて、引っ越ししようとしたのかもしれない。

教室に入ってきた輝兄ちゃんは、わたしのことなどちらりとも見ずに教壇に立った。

「起立。気をつけ。礼。着席」

いつもの挨拶のあと、イスが床とすれる音が一段落すると、輝兄ちゃんは唐突に話しはじめた。

「人間、生まれてきたからには役割がある。ぼくはそう思っとる」

わたしは思わず吹き出してしまった。

輝兄ちゃんといっしょに聴いた講演会で話した講師の人の真似をしているのだ。

わたしは隣からの視線を感じて、伊福くんに向かって目を大きく見開いて見せた。

「君らが生きるということは、その役割を果たすいうことや。働くというのも同じこと。君らが生まれてきた役割を果たしていくことや」

輝兄ちゃんの授業では、みんな、ほかの授業とは違って、おしゃべりもせず一心に聴き入っている。熱心にメモをとっている子もいる。

なんだか自分のことのように誇らしくなった。

「ここまで、ええか？」

輝兄ちゃんがそう言った瞬間、わたしの中のいたずら心がざわめいて、思わず手を挙げた。転校生にしては大胆な行動だが、むしろ転校生だからこそ、空気を読まない大胆な行動も許されるはず。

「どうした、長森？」

受け答えが先生っぽい。わたしは吹き出すのをこらえるのに必死だった。

その日の夜、輝兄ちゃんは帰りに家に寄っていっしょにごはんを食べた。

わたしへの手土産に板チョコを一枚買ってくるのは、昔から変わっていない。

わたしは、いつまでも子ども扱いされている様子に苦笑いしながら、

「はいはい、いつものこれね、ありがと」

と言って、無造作にそれを受け取る。

「真苗が変なタイミングで質問するけん、ビックリしたよ」

わたしはカレーを温めながら、お父さんと輝兄ちゃんの会話を聞いていた。

「でも、輝兄ちゃん、いい授業だったよ。みんな聴き入ってたじゃない。先生辞めちゃうのもったいないくらいだよ」

「まあ、真苗にそう言われるのは悪い気がせんな。でも、自分がやりたいことは、もっと自由な教育や。もっと制約に縛られずに思う存分教えてみたい。それこそ、この国を変えるような塾を創りたいんや」

「まあ、輝ぼうは、昔から言ってたもんな。この国を変えるくらい大きなことを考えて生きる。そんな人生にしたいって」

お父さんは、輝兄ちゃんのことを「輝ぼう」と呼ぶ。

「そりゃあ、お義兄さんの影響ですよ。高校、大学と、あれだけぶっ飛んでる人たちの講演会に連れ回されてるうちに、いつの間にかぼくも、自分も大きなことを考えて生きていこうと思うようになってましたよ」

輝兄ちゃんはビールをおいしそうに飲み干した。

わたしは、冷蔵庫から新しいビールを取り出し、輝兄ちゃんの前に置いた。

「おっ、気が利くなぁ、真苗。いい奥さんになれるぞ」

「間違っても、輝兄ちゃんのような人には騙されませんから」

久しぶりの三人の食卓をいちばん喜んでいるのは、お父さんだった。

そんな表情のお父さんを見て、わたしも幸せ。

幸せってこういう日常のことを言うんだって、お母さんが亡くなってから何度も考えた。

何も特別なことなんて起こらない。

特別いいことがあったわけでも、急に嬉しいことが降って湧いてくるわけでもない。

ただ、みんなでいつものように食卓を囲んで、いつものように話をする。

それこそが幸せなんだなぁって。

でも、来年の今頃は、わたしは大学に行き、輝兄ちゃんは学校を辞め、お父さんはひとりになる。ここでひとりで仕事を頑張ることになる。

いっしょに過ごせる日々が一日、一日と少なくなっているようで、みんなで笑い合ったあと、なんだか切なくなった。


こんな毎日が、いつまでも続けばいいのに。

でも、そうはいかない。

わたしたちの人生は、前に向かって変わり続けるしかないんだよね。

今のこの幸せな瞬間を大切にしたい。

＊

学校生活はとても楽しかった。

知佳と輝兄ちゃんのおかげだ。

一日一日、新しい環境に溶け込んでいくのが自分でもわかる。

休み時間に知佳が会いに来てくれるときは、隣の伊福くんも話に加わる。

わたしは、最初に見たときから、彼のことが気になっている。

単なる興味か、恋愛感情の一歩手前かわからない。

伊福くんがクリアファイルに書いている言葉は、二年生のときに輝兄ちゃんが授業で紹介して、気に入ったからそれを書き写したものだって教えてくれた。

だから、本当の偶然というよりは、まあ、そういうことだって起こりえるんだけど、それでも、自分が大好きな言葉をはじめて会った人が大切にしているなんて知ったら、誰だってちょっとした運命みたいなものを感じちゃうと思う。

伊福くんと仲良くなったきっかけは、ゴールデンウィーク明けに行われた模擬試験のあと、偶然二人きりになったことに始まった。

伊福くんは、東京のK大学に進学したいと言った。

その理由が、

「この国を変えるくらい大きなことを考えているやつが集まるんやないかと思うてね」。

伊福くんの口からその言葉を聞いた瞬間に、からだが固まった。

きっと、授業が終わったあと、教卓の周りで輝兄ちゃんのことをからかってわたしが言ったのが聞こえていたんだろう。

伊福くんがそれを聞いて、今、わたしにそれを言ったのだとしたら、伊福くんはわたしに好意を持ってくれているということだ。

胸がドキドキした。

ドキドキしている自分に気づいて、わたしも同じくらい彼に好意を持っていることがはじめてわかった。

わたしは、それまで誰にも話したことがない、「わたしの住んでいる世界」と言ったら大げさかな、ふつうの家では考えられないけど我が家ではあたりまえになっているある習慣について伊福くんに話してみたいと思った。

そして、わたしのほうからデートに誘った。

自分でも大胆だったと思うけど、そうするのが自然だったような気がしたから、あまり照れたりもしなかった。

それから、わたしと大ちゃんはどんどん仲良くなっていった。

学校でも、みんなが呼んでいるように、彼のことを大ちゃんと呼びたかったけど、なかなか呼び方を変えるタイミングが見つからず、いつまでも「伊福くん」と呼んでいた。

でも、ムッシュといっしょに食事をしてからは、心の中では勝手に大ちゃんと呼ぶようになっていた。


わたしは大ちゃんとCDを交換するようになった。

大ちゃんは落語のCDを貸してくれた。話の流れから言うタイミングをなくしちゃったけど、実は高校生のときにお父さんに浅草の寄席に連れて行かれたことがある。

講演会だけじゃない。お父さんはいろんなところに出かけるとき必ずわたしを連れて行った。高校受験の二日前ですら、観たい映画があるからいっしょに行こうと、連れ出された。

お父さん曰く、

「今さら一日勉強したところで、結果は変わらない」

さすがに、そのときだけは断ろうと思った。

「ねえ、お父さん。ひとりで行ってきなよ。お父さんがひとりで映画を楽しんできたぐらいで、わたし、文句言ったりしないよ」

「嬉しいこととか感動したことに触れたときに、いちばん悲しいことは何かわかるか、真苗。それを共有する相手がいないことだよ。素晴らしい景色に心を奪われたときにいつも思う。おまえにも見せてやりたいって。でも、その景色は二度と見ることはできない」

お父さんは、本当はお母さんとそれを見たかったのかもしれないね。

わたしはいつもそう思う。もちろん、お父さんに伝えることはないけど。

「美容師は一ヶ月に最低でも、ジャンルの違う三冊の本と二本の映画、一本の講演会くらいは経験しておかないとダメだ」

それが、お父さんの持論。

「お客さんは月に一度やってくる。そのときにそのお客さんが映画の話をしたら、最近どんな映画観ました？　って質問が来るだろ。それが前回来たときと同じ映画の話だったら、お客さんはがっかりだ。本にしたってそうだ。毎月同じ本のこと話してたら、この人、わたしのこと覚えてないのかなぁってことになるだろ。新しい経験をして、どんどん自分の世界を広げるのは、とりわけ常連さんに対するサービスという意味では欠かせないんだぞ」

ビールを飲むと、よくそんな話をしてくれた。

そして、その後、決まってこう言う。

「だから、明日は○○をしに行こう！」

どこまでが仕事のためで、どこまでが本人の趣味かなんてわからない。

でも、わたしもそうやっていろんな場所に連れて行ってもらうのが楽しかった。

そのときも、そんな話をしたあとでこう言った。

「だから、明日は落語を聴きに行こう！」

浅草で見た落語は、高校生のわたしには笑いどころがわからないものもあって、難しかったけど、隣でお父さんが嬉しそうに笑っていたのを覚えている。

途中で「なんで笑ったの？」と聞くと、解説してくれたりもした。


引き込まれた話もあった。

ほかのはよくわからなかったけど、その話はどんどん引き込まれていった。落語家さんの名前も演目名も覚えていないけど、ほかの人とはまったく違うすごみと勢いがあった。

大ちゃんが貸してくれた落語のＣＤを聴いているときに、思い出した。

「あっ、これ、あのお話だ……」

話している落語家さんは違う人だったけど、話はまさにあの話だった。

仕事もしないで飲んだくれた亭主は、約束をして渋々大晦日に商いに出かける。すると四十二両の大金が入った財布を浜辺で拾って持って帰る。嬉しくなった亭主は、近所の人を呼んで酒盛りをするけど、したたかに酔っ払って高いびきをかいて寝ているところを起こされて……。

CDのジャケットを見て、このお話が「芝浜」だということをようやく知った。

大ちゃんにCDを返すときに、手紙を添えた。

もちろん、何度も読み返して、あとになって読み返したときに恥ずかしくないようにしたつもりだ。

どうしても手紙を書くのは夜になってしまう。でも、夜に書く手紙は危険だって聞いたことがある。だから、その手紙を出す前に、翌朝読み返したほうがいいって。

たしかに、翌朝読み返してみると、ちょっとわたしの恋心が透けて見えるような書き方をしているときもあって、あぶない、あぶないってあわてて書き直したりもした。

昔書いた手紙はあとになって読み返すと我慢がならないほど恥ずかしいものだと、先日経験したばかりだ。当然のことながら慎重になる。

自分が、どんどん大ちゃんに惹かれていくのを感じた。

時折、大ちゃんは不意に顔を近づけてくる。

心臓がドキッとなって、思わず逃げたくなる。

わたしの鼓動が聞こえるんじゃないかと、恥ずかしくて心配になる。

そのたびに自分の大ちゃんに対するふつう以上の感情を再確認する。


大ちゃんのこと好きになったみたい。

ある日、誰にも見せることのない日記にそう書いた瞬間から、そのことをはっきりと自覚した。文字にするって怖い。


お父さんが、いろんなことに誘うのは、テストの直前とか、入試の直前とか、わたしにとっては忙しくってしかたがないときと相場が決まっている。

まあ、受験生にとって暇なときってないのかもしれないけど。

このときの話も、大事なテスト直前の土曜日のことだった。

「そう言えば、二十三日の土曜日に、隣の町で白藤宗一郎さんの講演会があるんだよ」

「白藤さんって、昔、お父さんがひとりで聴いてきたってあの人？」

「そう。土曜日のお昼は、父さんお店を空けられないからいっしょには行けないけど、真苗は友だちでも誘って行ってみればどうだ。あの人の話はすごいぞ。父さんなんか感動して、その場で、お店をたたんで東京にお店を出すって決めたんだから」

「じゃあ、急に東京にお店を出すって言い出したのは白藤さんの影響なの？」

「ああ。それまでやりたいなぁって思いながら行動に移せなかったんだけど、あの人のお話を聞いて心に火がついた。真苗も、聴いてみるといいぞ」

「テスト前だから、いっしょに行く人なんていないよ……」

食器を洗いながら、そう言ったけど、頭の中では大ちゃんのことを考えていた。

きっと大ちゃんを誘ったら、行くって言ってくれるんじゃないかな。

その晩、落語のＣＤに添える手紙を何度も書き直した。

どう書いても、自分から誘っている雰囲気になるのはしかたがないことだけど、できるだけ高ぶる自分の気持ちが文面に表れないように言葉を選んだつもりだ。

テスト前だし、わたしが思うほど大ちゃんはわたしに興味を持っていないとしたら、断られるかもしれない。

でも、白藤さんの話を大ちゃんといっしょに聴けたらどれほど幸せだろう。
お父さんが言うように、感動することを共有する相手がいることこそが幸せなんだろう。

わたしは勇気をふるってその手紙を渡した。
ムッシュのときといい、今回といい、自分から誘ってばかりだ。
その積極性がなんだか恥ずかしくて、まともに大ちゃんのことを見られなくなった。
意識すると、いつものように話をするのも難しくなる。
そもそも、いつもはどうやって話をしていたんだっけ？

これだから、恋をすると面倒だ。
でもそんな毎日が幸せなんだ。
わたしはこのドキドキを楽しんでいる。

大ちゃんは、あっさりＯＫしてくれた。
わたしたちは、お互いに感動を共有し合える相手を持てた。
それは、とっても素晴らしいことだ。

きっとずっと忘れられない一日になるだろう。
できれば、大ちゃんにとってもそんな一日になってほしいな。

そんなことを思いながら、二十三日の土曜日を待った。

白藤さんの話は素晴らしかった。
わたしは感動したし、その感動を共有できる人が隣にいたことが本当に幸せだった。
予想していたとおり、わたしはこの日のことを一生忘れないだろう。
それほど幸せな時間だった。
ところが、帰り際、予想もしなかった驚きがわたしのからだを突き抜けた。

「好きや。付き合ってほしい……」

トラックの騒音にかき消されて、ほとんど聞こえなかったけど、大ちゃんははっきりとそう言った。

わたしは緊張して、胸がドキドキして、どうしていいかわからなかった。

思わず背中を向けて傘の影に隠れた。雨が降っていたことに心から感謝した瞬間だった。

予想していなかった告白を受けたとき、どうするべきなのだろう。

頭が真っ白になった。

心臓はどんどんその鼓動を速める。

答えは「イエス」しかない。

でも、緊張したわたしの口から、その言葉が出てこない。

こんなとき、どうしたらいいの？


「こっちを向いて返事を聞かせてくれんかなぁ」

大ちゃんの声に、答えが出ないまま、わたしは振り返った。

「返事……月曜日でもいい？」

とっさに出てきた言葉がこれだった。

「ああ、ええよ」

「じゃあ、月曜日。学校ではちょっと恥ずかしいから、学校、始まる前に来てほしいところがあるの」

「どこ？」

「伊曾乃神社。朝七時に御神木の前」

「朝七時に御神木の前やな。でも、なんで神社なん？」

「わたしの好きな場所だから」

自分の顔が赤くなっているのがわかる。

これで、「好き」なんて言葉はＯＫしたも同然だ……。

「遅れちゃダメだよ」

「ああ、そっちこそ」

「わたし？　わたしは遅れないわ。でも……」

「でも、何？」

「来なかったらあきらめて」

わたしはそう言って、バス停に背を向けて歩きはじめた。

わたしの中では答えは決まっていた。あとはどうやって「ＹＥＳ」を伝えるかだ。

バレンタインデーでもないけど、これがわたしの気持ちですって言いながらチョコレートをあげたら、察してくれるかな。

そんなことを考えながら雨の中、ひとり浮かれて家路に向かうわたし。

ひとりでに笑いがこぼれてしまうのを、赤い傘で隠して歩いた。

気がつくと、雨の中をスキップしていた。

スキップなんていつ以来だろう。

とても幸せな瞬間だった。

今、世界の中でいちばん幸せな人は誰かと聞かれたら、「わたしです！」と手を挙げる！

家に帰ると、お父さんの夕食の支度をしてから、机に向かって手紙を書きはじめた。

大ちゃんが貸してくれた四枚目のＣＤを返すときにいっしょに渡す手紙を。


もしわたしが返事を延ばしたりしないで、バス停で「はい」とひとこと言っていたら……。

そしたら、わたしたちはどうなっていたんだろう。

✳

大ちゃんへ

この手紙を読んでいる今は、わたしと伊福くんと付き合いはじめたということだね。

白藤さんの講演会の帰り、バス停で告白されたときは、ビックリしたけど嬉しかったよ。

実はわたし、転校してきた最初の日から、伊福くんのこと気になってたんだ。

それは、伊福くんの持っていたクリアファイルに書かれている言葉を見たから。

あの言葉、わたしも大好きな言葉なの。

自分の大好きな言葉を大切にしている人がいるとしたら、
やっぱり気になるでしょ。
それも転校してきた最初の日にそれを目にするなんて、単なる偶然に思えなかったんだ。

それでも、すぐに冷静になって「もしかして、この言葉は宮下先生が…」って思ったの。

伊福くんは知らないと思うけど、実は、宮下先生はわたしの叔父さんなの。

お母さんの弟で、わたしが小学生の頃から、お父さんと三人で出かけることが多かったんだ。講演会もいつもいっしょに行ったよ。

最初、伊福くんが宮下先生のことを「ちょっと変わってるけど、俺は好きだよ」って言ってたでしょ。あれ聞いて、わたし、嬉しかった。

まあ、変わってるってところで笑っちゃったけどね。


伊福くんは、「この国を変えるくらい大きなことを考えて生きる」って話をしてたけど、あれ、きっと、わたしと輝兄ちゃん（宮下先生のことをわたしはこう呼んでるの）の話が聞こえたんでしょ。

だから、最初に誤解のないように言っておくね。

「この国を変えるくらい大きなことを考えて生きる」っていうのは輝兄ちゃん、つまり宮下先生が学生時代からずっと言ってたことなの。

わたしはそのことを知っていたから、あのとき、わざとあんなことを言ったんだ。

本当はそんなことを考えている人じゃなくたって、好きになった人が好きな人。

もちろん、自分のことばかりを考えている人よりも、自分の人生を使って、世の中に何ができるかって考えて生きている人のほうが好きだけどね。


何を書いているのか、わからなくなってきちゃった。

そうそう、ひとつだけお願いがあるんだ。

実は、この手紙の最初に「大ちゃん」って書いたけど、すごく勇気がいったんだよ。

これから、伊福くんのこと、みんなが呼んでいるように「大ちゃん」って呼んでもいい？

とにかく、これからよろしくね。

わたしも大ちゃんのことが

勇気を持って最後の言葉を書こうとしたその瞬間、ドアをノックする音が響いた。

心臓が飛び出しそうになるほど驚いて、近くにあった山積みの本で素早く手紙を隠しながら、すっとんきょうな声で返事をした。

「はい……何？」

「リビングに置きっぱなしの携帯が鳴ってるぞ」

ドアの向こうでお父さんの声がした。扉を開けて入ってくる様子はない。

「わ、わかった。今、行く」

書いている途中の手紙を鞄の中に入れ直して、部屋を飛び出した。

携帯には「高橋知佳」の文字。

声を抑えめに電話に出た。

開口一番、「何かええこと、あったやろ」なんて言われたらたまらない。

「どうしたの？　知佳」

「今から行ってもええ？」

「いいけど、どうして？」

「来週からテストやんか。いっしょに勉強しよう。わからんところもあるから、教えてほしいなぁ……なんて」

「いいよ。でもその前に、ちょっと買い物に行かなきゃいけないから、付き合ってくれる？」

「何買いに行くの？」

「たいしたものじゃないよ。ちょっとしたお菓子を買うだけ」

「お菓子？　ええよ、行こう、行こう」

知佳の家の両親も、行き先がわたしの家だとわかると、夜遅くまで許してくれる。この前だって十時すぎまで、わたしの家で勉強して帰った。

もちろん、勉強というのは建前で、結局十時まで誰かが誰かと付き合ってるなんていうガールズトークで盛り上がっただけだった。

今日も、そんな展開になるだろう。

でも、それも悪くない。

だって、大ちゃんとのことを知佳に報告したい。

電話を切ったあと、知佳が来るのをワクワクして待っている自分がいた。

急いで部屋に戻って、散らかっている部屋をほんの少しだけ片付けた。

大ちゃんに書いた手紙がちょっとした拍子で見つかったら恥ずかしいから、鞄の中から机の引き出しに入れ替えた。ここなら見つからないだろう。

ほどなく知佳が来た。

「急に勉強したいなんて、珍しいじゃない」

「ん？　まあね。今度のテストやばそうやけん。それに……」

知佳はなんだかニヤニヤしている。

「それに？」

「ちょっと、聞いてほしいことがあってな」

「そうなんだ。実はわたしも聞いてほしいことがあるんだ」

わたしと知佳はお互いニヤニヤしながら、そっちが先に言いなよ、そっちだよ、なんてやりとりをしばらく続けたあと、ジャンケンをして負けたほうから言うことになった。

最初はグーのあと、わたしはパーを出した。

知佳はグーだった。


ジャンケンというゲームは、いつでも勝つことがいいこととされてきた。

勝つことによって、負けた人にはない何かが手に入った。

知佳とのジャンケンに勝ったわたしは、このときも、その習慣からか無意識のうちに思わずガッツポーズをして喜んでいた。

まさにわたしは「パー」だった。

知佳は、ずっと片想いをしている人に告白をしようと決心したんだという話を始めた。
わたしは無邪気に
「すご～い、大胆～。応援するよ」

などとキャーキャー言った。

でも、「相手は誰なの？」と口にした瞬間、知佳の答えを待たずに、わたしのクラスに来るときの知佳の様子がフラッシュバックした。

答えを聞くまでもなく、ひとつの確信に似た予感を持った。

知佳は、なかなかその名前を白状しなかった。

でも、ひとつひとつ出されるヒントは、まさか、とわたしが直感した人に確実に近づいていった。

「結構、真苗の近くにいる人だよ」

なんて、真っ赤な顔で照れながら言う知佳は、もうわたしの質問など必要としないで、どんどん自分からヒントを出し続けている。

だんだん知佳の言葉が遠くなるのを感じた。

「しょうがないなぁ。わからん？　真苗。ここまで言うたらわかるでしょ、ふつう。じゃあ、言うよ。実は……」

知佳は言いたくってしかたないのだ。

わたしがジャンケンで負けていたら、同じようにもったいぶっただろう。

そしてわたしは、知佳の口から大ちゃんの名前を聞いた。

わたしはパーだ。
ジャンケンに勝ってガッツポーズをした自分を呪った。
あのとき、チョキを出していたら、わたしの人生は変わっただろう。
今後一切ジャンケンではパーを出さない。

でも、それ以上に、昨日の雨の中、どうして「はい」って言わなかったんだろう。
昔聴いた講演会で感動してノートに記した言葉を思い出した。

人間は平等だとは思わないが、チャンスは平等にある。
ところが多くの人はそのチャンスを逃している。
今がチャンスだということに気づいていないのではない。
チャンスだと気づいているのに、変化を恐れて動けなくなるのだ。

わたしはパーだ。

結局、その日、大ちゃんから告白されたという話はできなかった。

知佳が話し終わると、「そう言えば、真苗が聞いてほしいことって何？」と聞かれた。

まあ、当然の展開だろう。

「テストのあとで髪を切ろうと思うんだけど、どんな髪型が似合うかなぁと思って……」

どうでもいい話だ。

知佳は、先ほどわたしに好きな人をカミングアウトしたテンションのまま、

「ショートがええんやない。あっ、でも、最近、前髪をそろえるのもかわいいよね。真苗なら似合う思うよ。それとも先生にわからん程度に色変えるとかどう？　かわいいと思うわ。まあ、バレたらうるさいけど」

とマシンガントークが止まらない。

わたしは、大ちゃんのことを話すタイミングを完全に失ってしまった。

知佳は親友だ。でも、

「早く帰ってほしい」

この日は、心からそう思った。

途中からうわの空のわたしに、知佳は言った。

「ゴメン、なんだか自分のことばっかり話して勝手に盛り上がってしもて。ずっと話してた

ら、こんな時間やない。買い物行くんだったよねぇ。お菓子」

「ん？　いや、もういいんだ。いらなくなったから」

無理やり笑顔をつくって、力なく答えた。

大ちゃんに渡そうと思っていたチョコレートは、もう必要ない。


早くひとりになりたかったけれど、結局、知佳のハイテンションに付き合わされて、夜の十時までいっしょに勉強するはめになった。

二人とも、勉強なんて頭に入る状態じゃなかった。

もちろん、互いにまったく逆の意味でだったけど。

ジャンケンでわたしが負けていたら、きっと立場が逆転していただろう。

そのとき、知佳はなんと言うんだろうな。

きっと、今のわたしと同じように、自分が用意してきた話を押し殺して、最後まで勉強に付き合ってくれたことだろう。

そして、わたしから「知佳の話って何？」って聞かれたら、わたしと同じように髪型の話をしたに違いない。知佳はそういう子だ。

だから、わたしも最後まで知佳に付き合おう。

そう思った。


知佳が帰ると、疲れがどっと襲ってきた。

いろんなことを考えすぎて、もう何も考えられなくなっていた。

ただ、涙が出た。

机の中から、数時間前の幸せいっぱいの自分が書いた手紙を取り出して読み返した。

いろんなことを知りたいと思う。

人の気持ちなんかもわかるといいなと思ったことがある。

でも、知らないからこそ幸せなこともある。

知佳の気持ちを知らなかったほんの数時間前のわたしは、こんなに幸せな気持ちに満たされていたのに……。

手紙を細かくちぎると、ゴミ箱に捨てた。


次の日、輝兄ちゃんの家に行った。

話を聞いてほしかったわけでもなければ、どうすべきか相談したかったわけでもない。

ただ、輝兄ちゃんに会いたい。そう思った。

輝兄ちゃんは、わたしの顔を見て、いつもと違う様子に気がついたのだろう。

「何か食べに行こか」

と言って、車のハンドルを握る仕草をした。

わたしはコクリとうなずいた。

しばらく無言で運転していた輝兄ちゃんは、カーラジオから流れてくるＤＪがハガキを紹介してある曲を流し始めると、さり気なくだけど回りくどい言い方をしないで聞いてきた。

「誰かに振られたか？」

「ううん。その逆」

「じゃあ、あまり好きでもないやつから告白でもされたか」

「ううん。その逆」

輝兄ちゃんは、なんだかよくわからないといった表情をして、また黙って車を走らせた。

わたしは、窓の外の景色を眺めながら、流れてくる曲に耳を傾けた。

とても美しいメロディーに優しい声。歌詞が英語なので何を歌っているかわからないけど、とても幸せそうな歌だった。

そんな歌を聴いているだけで、涙が出てきそうになる。

「ねえ、この歌、なんていう歌か知ってる？」

「『If we hold on together』っていう曲だな。わたしたちが力を合わせれば、わたしたちの夢は永遠になくなったりはしないわって歌ってる」

「いい歌ね」

わたしはこらえ切れずに声を上げずに泣いた。

結局この日、わたしは大ちゃんの話も知佳の話もしないまま、ずっと輝兄ちゃんの運転する車に揺られながら窓の外を眺めていただけだった。

輝兄ちゃんは何かを感じ取ったからか、わたしが泣いていたことには気づいたはずだけど、何も訊ねなかった。

車の外を眺めながら、わたしが考えていたのは、明日のことだった。

明日の朝七時には、伊曾乃神社の御神木の前に大ちゃんがわたしの返事を聞くためにやってくる。

わたしはどうするべきか。

考えるまでもなく、昨日知佳から大ちゃんのことが好きだと告白された瞬間から、心は決まっていた。

もちろん、葛藤はある。

今でも、本当にそれでいいのかわからないし、できれば自分でも反対の答えを出したい。

でも、でも、やっぱりできない。


「もしも、同じ状況になったらあなたはどうしますか？」

という全国アンケートをとったら、わたしは少数派になるのかもしれない。

そんなのバカげているって、イライラする人もいるかもしれない。

わたしが身を引いたところで、知佳の告白が実るとも思えない。だって、大ちゃんはわたしに告白したばかりなんだから。

そうなると、三人とも幸せになれない。

わたしが、知佳に本当のことを告げて、大ちゃんと付き合うことができれば、知佳は幸せになれないけど、少なくとも二人は幸せになれるのだからそっちのほうが合理的だという人もいるかもしれない。

理屈で考えれば、そうだということはよくわかっている。

それでも、わたしはもう、本当のことを知佳に言うのをあきらめている。

言うタイミングはあった。

昨日、知佳がその話をした瞬間がそれだ。

でも、それを逃したことによって、聞いてはいけない話を聞きすぎた。

もう手遅れだ。

それに、わたしが大ちゃんと付き合うことをあきらめれば、誰も幸せにはなれないのかもしれないけど、不幸のどん底を味わう人もいない。

きっと、今なら大ちゃんも、知佳も、そして、わたしも、「振られちゃったよ」って笑って、いい思い出にできる。

なにより、わたしたちは、付き合っても、どれほど仲良くなっても、あと半年ほどしかいっしょにいられない、悲しき田舎の高校生なのだ。

半年後には、大ちゃんはたぶん東京に行く。わたしは仙台。知佳は四国に残るらしい。

「愛があれば、距離なんて……」って言いたいけど、やっぱり遠距離恋愛は悲しい結末しか聞いたことがない。

Out of sight, out of mind.「去る者日々に疎し」だ。

悲しい別れが、半年早まったと思ってあきらめよう。

転校したときと同じだ。どんなに寂しくても、そう思えばあきらめもつく。

自分の中の結論が、揺るぎないものになればなるほど、心はざわめき、胸が締めつけられ、苦しくて、悲しくて、涙があふれた。

すべては、自分の責任。


大ちゃんが告白してくれたときに、自分の気持ちに正直に「わたしも好きだよ」って言わなかったのはわたし。

知佳が会いたいと言ったときに、今日会って話したいと思ったのもわたし。

ジャンケンでパーを出したのもわたし。

知佳のカミングアウトを聞いた瞬間に、実はわたし、大ちゃんから告白されているんだ……って言えなかったのもわたし。

全部わたしが決めたこと。


わたしに起こるすべてのことは、わたしの責任だと思う強さがわたしにはあると思っていた。でも、なんだか、まだまだみたい。

「強くなれ、わたし」

涙が流れそうになるたび、自分にそう言い聞かせることしかできなかった。

家に帰ってきたわたしは、新しい便箋を取り出して、大ちゃんへの手紙を書こうとした。
机にかじりついてあれこれ考えたけど、何をどう書いていいのか、まったくわからない。
言いたいことも伝えたいこともたくさんあるけど、すべての思いを呑み込んで一行だけの手紙を書いた。

「ゴメンね、伊福くん」

明日は、大ちゃんに会わないように先に神社に行って、誰かにこれを渡してもらわなきゃいけない。

二十二歳のぼく

大学時代なんてあっという間だ。

ついこの前入学したと思ったら、いつの間にか、卒業に向かってまっしぐら。

授業数は少なくなったとはいえ、最後の夏休みを前にゼミの先生に出すレポートの締め切りなどを抱え、何かと忙しい。

研究室から外に出ると、梅雨どきとは思えない晴天の空のど真ん中に太陽が輝き、ジリジリと容赦なく照りつけてくる。汗が噴き出る。

遅れて出て来た渉が駆け寄ってきて、ぼくを呼び止めた。

「おい、ちょっと待ってくれよ。もう帰るのか？」

「ああ。もう帰るよ」

「そんなに急いで帰らなくてもいいだろ。何か用事でもあるのか？」

「別に用事はないさ。しばらく実家に帰るからその準備はあるけど、特に急いでいるわけじゃない」

「だったら、ちょっと付き合えよ。久しぶりだろ」

たしかに四年になってから授業の数も減り、渉に会うのも久しぶりだ。

これから卒業まで、大学には週に一回くらいしか来なくなる。

そう考えると、一年生の授業料と四年生の授業料が同じなんておかしい気がする。そもそも大学の授業料とは誰がどうやって決めた値段なんだろう。四年間通って数百万円以上ものお金がかかる。これほど高いお金を払って、ぼくたちはその代価として何を受け取るというのか……。

断る理由もなく、ぼくらは行きつけの喫茶店へと向かった。

渉はアイスコーヒーを注文すると、すぐに用件に入った。

「なあ、大祐。瑞穂ちゃんと別れたってホントか？」

どうせその話だろうと覚悟はしていた。

「ああ、本当だよ。相変わらず地獄耳だねぇ。誰から聞いた？」

「瑞穂ちゃん本人だよ。ほら、俺たち、教育実習で、今度附属中でいっしょだから、先週、そのオリエンテーションで」

「なるほど」

ぼくは、東京にある教育大学に通っている。

というわけで、当然クラスメイトのほとんどは、学校の先生を目指している。ところが、不況になると公務員の人気、とりわけ学校の先生の人気が高まる。結果として採用に対する倍率が跳ね上がる。

クラスには、地元で中学の社会の先生をやりたいのに、その地域の中学校社会の採用者数が〇名だと言って嘆いているやつもいる。結果として多くの学生たちが、一般企業での就職活動も並行して行うことになる。

瑞穂も渉も教員を目指しているが、ダメだったときのために就職活動も視野に入れて……という二段構えだ。

とはいえ、どうしても就職活動のほうは中途半端になりがちだ。学校の先生になるには、教員採用試験のための勉強もしなければならないし、教育実習にも行かなければならない。

でも、ぼくは学校の先生になるつもりがないので、その教育実習には参加しない。


「あんなに仲が良かったのに、いいのか？」

渉はどうしてもその話をしたいらしい。

「ああ、しょうがないよ。いっしょにいても、ケンカばかりだしね。このままだと、お互い不幸になるだけだから」

ぼくは吐き捨てるように言った。

「それでも、瑞穂ちゃんのほうとしては本当は別れたくないみたいなことを言ってたぞ。おまえが将来のことをちゃんと考えてさえくれれば、もう一度やり直せるのにって」

ぼくは、あきれ顔をして渉を見た。

「あのな、瑞穂が何を言ったか知らないけど、俺は将来のことをちゃんと考えてるよ」

「だって、おまえ、採用試験も受けなければ、就活もしてないんだろ」

「ああ」

「ほら、それだよ。何も考えてないじゃないか。それじゃぁ、彼女がいっしょにいられないって言うのも当然だよ」

「瑞穂にも言ったけど、働かないわけじゃない。学校の先生になるつもりはないけど、大学を卒業してやりたいことは決まっている。だから就活していないだけなの」

「ああ、それも瑞穂ちゃんから聞いたよ。悪いこと言わないから考え直したほうがいいよ」

瑞穂にも何度も同じことを言われた。

「夢みたいなことばかり言ってないで、現実的に将来のことを考えろよ」と。

「夢」って言葉は扱いが難しい。

ぼくが夢について語ると、渉も瑞穂も「悪いことは言わないから、考え直せ」と言う。

たしかにそれが、ごくふつうの反応だと思う。

小学時代、卒業作文にみんな無邪気に「将来の夢」を書いていた。

プロ野球選手やサッカー選手、宇宙飛行士って書いたやつもいる。

中学生になると、そんな夢を書いたことをみんな忘れようとする。人前で将来の夢とか、言わなくなってくる。

高校生時代なんてそのピークだろう。ずっと先にあると思っていた「将来」がすぐそこに迫ってきて、何を「夢」と言っていいかわからず、無気力なやつが増える。

そうなると、先生たちは言う。

「おまえら、夢はないのか。夢がないからやる気が出ないんだ」

すぐそこに迫った「将来」を四年後に先延ばしすることができるのが「大学」という場所だ。

しかたがないから、将来の夢を見失った多くの若者が「夢」を探しに大学に来るのだろう。

ところが、その大学で「夢」を語ると、「夢ばかり見ていないで現実を見ろ」と言われる。

高校を卒業するまでは、夢を持っていないからダメだと言われて、大学に入った瞬間から夢ばかり見ていたらダメだと言われる。

ぼくに対して「夢みたいなことばかり言ってないで、現実的に将来のことを考えろ」と言った瑞穂や渉は、学校の先生になったら、今度は子どもたちに「夢を持って生きろ」とでも言うのだろうか。

思えばぼくらは、「夢」という言葉に翻弄されているような気がする。

先生たちからは、持っていないからダメだと言われ、成功者からは、あきらめなければ必ずかなうと言われ、身近な人からは、いつまでも見ていては生きていけないとすら言われる。

ぼくも、このままだと「夢」という言葉にもてあそばれたまま、夢が何なのかすらわからないまま、いつかは愛する人に「いつまでも夢みたいなことを言うな」って言ったり、若い人に対して「夢を持ってないから、無気力な毎日を送ることになるんだ」って言ったり、自分の息子に対しては「あきらめなければ夢はかなうんだ！」って言ったりする側になってしまうのかもしれない。

そのときの自分の都合のいいように使い分ける側に。

ぼくは「夢」を卒業論文のテーマに選んだ。

それは大学に入ったとき以来、なんとなく心に決めていたことだ。

もちろん、卒論のテーマとして認めてもらうために、タイトルは「幼少期から思春期における子どもがいだく夢の変遷と、生徒の夢の実現に向けた教師としての役割」という「いかにも」なものにした。

でも、このタイトルですら、「まあ、どうしてもと言うなら……」と教授が渋々認めてくれたものだ。

「本来ならば、もっと教科内容に沿った、具体的かつ狭い分野の研究でなければ認められないんだけれども……」と何度も嫌味を言われながら。

「夢」について少しでも深く考えていくとすぐに、ぼくたちが幼い頃にいだく「夢」というものは本当の夢ではなく、「職業」でしかないということに気づく。

ぼくも実際に「プロ野球選手になるのが夢だ」と小学校五年生の作文で書いた。

でも、プロ野球選手というのはひとつの職業にすぎない。本当は、それが夢ではない。

本当は、プロの世界で活躍し続けている、かっこいい、ほんの一握りの一流選手になりたいのだ。

二軍で必死に努力を積んでいる無名の選手がたくさんいることや、そういう選手たちが、自分たちの将来はどうなるのか不安でしかたがない現状など知るよしもない。

野球選手に限らない。医者でも、弁護士でも、学校の先生でも、その職業に就くことが「夢」なのではない。その職業に就いたあとで、それによってかなえることができる「何か」がある。その「何か」こそが「夢」だ。

職業はその夢を実現するためのひとつの「手段」でしかない。


自分の親を病気でなくした人が、同じ病気で苦しむひとりでも多くの命やその家族の苦しみを救いたいと願う。そんな生き方をしようと決めたとき、それが「人生の夢」になる。その夢を実現するための手段として「医者」という「職業」が存在する。

でも、その夢を実現するための手段はひとつじゃない。

製薬会社で薬の開発をすることだって、その夢を実現するための手段になる。

新しく開発された介護器具の営業という仕事だって、栄養士の資格をとって食事制限が必要な人のためのおいしいメニューを開発する仕事だって、お笑い芸人になって人々の笑いを誘って身体の免疫力を上げることだって、手段のひとつになる。


幼い頃、ある「職業」＝「夢」だと思ってしまうのはしかたのないことだろう。

でも、そのままでは、その職業に自分が就けない理由が見つかった時点で、その子は夢をあきらめる。

ひとつの手段がダメだからといって、自分の夢を捨てる必要などないのに、将来のひとつの職業をあきらめることとは、自分の夢そのものもあきらめることだと勘違いしてしまう。

ある職業に対する憧れをいだいてはあきらめ……ということを繰り返していくうちに、「夢を持ってはあきらめる」という、自分に対するトラウマを手にしてしまうんだ。

でも、本当は夢をあきらめているわけじゃない。

夢をあきらめていないからこそ、その夢を実現するための手段がひとつダメでも、またひとつ、それがダメでももっと別の方法で……と浮かんでくるだけなんだ。

まったく同じことをしていても、

「自分は夢を持ってはあきらめるということを、何度も繰り返している」

と感じている若者もいれば、

「自分の夢は小さい頃からずっと変わっていない。その夢を実現するための手段をいつも探し続けている」

と感じている若者もいるということだ。

前者は、「夢＝職業」のまま大人になった人だし、後者は、職業は夢を実現するための手段でしかないということに気づいた人。

この差は大きいと思う。


ぼくは昔の自分のことを思い出しながら、論文を仕上げていった。


野球が大好きだったぼくは、ヒマさえあれば、バットとボールを持ってひとりででも校庭で壁に向かって、日が暮れるまでボールを投げる練習をした。友だちをひとりでも見つければ、二人で野球をした。親から早く帰ってきなさいと言われても、ついつい遅くまでやってしまった。

大好きで毎日やっていることは、当然上手になる。当たり前のようにぼくの将来の夢は「プロ野球選手」になった。

そんなとき、地元出身の元プロ野球選手の野球教室があった。

その教室の最後に、その元選手はぼくたち小学生を前にこう言った。

「みなさん、夢を持ちましょう。あきらめなければ夢はかないます」

ぼくは元気よく「はい！」って返事をした。

そうして、ぼくは地域の野球チームに入団した。まだ、小学四年生だった。

土曜と日曜はすべて練習日になった。

いつの間にか、土曜日になると、

「今日も練習に行かなきゃいけない」と苦痛に感じている自分がいた。

みんなが休みの日にプールに行くとか、家族で海に行くと楽しそうに話をしているときに、野球の練習に行かなければならなかった。

夏休みや冬休みも練習が毎日あって、旅行に行くこともできなかった。

練習がない平日も家に帰ると、素振りをしなければならなかった。

やりたくて始めた野球がいつの間にか、やらなければならないことで埋まっていた。


その苦痛から逃げたいと何度も思ったし、実際に逃げてしまったこともあった。

才能が人よりもずば抜けて優れていたら、そうは感じなかったかもしれない。

でも、どんなに頑張って練習しても試合に出してもらえなかったぼくにとっては、練習の苦しさが報われる場所はほとんどといっていいほどなかった。

学校のクラスでは「うまい」と評判のぼくも、レベルの高い選手が集まるチームの中では試合にすら出してもらえないのが現状だったのだ。

まあ、上級生と同じチームなんだからしかたがないと、はじめの二年は自分に言い聞かせ、「あきらめなければ夢はかなう」と言われたあの言葉を信じて、五年生、六年生と続けて通った。

最高学年の六年生になったときは、いよいよぼくにも試合に出るチャンスが回ってくると勝手に想像していた。

ところが小学生にして身長が百七十センチもある、立派な体格の五年生が隣の市から引っ越してきた。何度か対戦したことがあるので、彼がどれほど素晴らしい選手なのかは、ぼくのチームの誰もが知っていた。彼がチームに入ると紹介されたとき、監督、コーチをはじめ、ぼくたちもチームが強くなることを予感し、喜んだ。

ところが、前のチームでどこを守ってた？　と聞かれてその転校生が答えたのは、ぼくと同じポジション……。結果としてぼくは、六年生にもかかわらず試合に出してもらえないいま、その野球チームを去った。

「あきらめなければ夢はかなう」

そりゃあ、夢を実現した人はそう言うだろう。彼らは夢をあきらめなかった人じゃなくて、あきらめざるを得ない経験をしなかった才能あふれる人じゃないだろうか……。

小学生にしてすでにぼくは、そんなことを思うようになった。

ぼくは、野球選手になるのをあきらめた。

それからのぼくは、夢を持ってはあきらめ、別のものを見つけてはあきらめ……ということを繰り返していくうちに、何かを始める前から「どうせ、これもできないだろう」とあきらめるようになっていった。そして、夢を持たなくなっていった。

いや、本当は夢を持つのが怖くなった。

「また、あきらめなければならないとしたら……」

自分に対して自信が持てなかった。

誰だって、夢をあきらめる弱い自分と何度も向き合うのは嫌なもんだ。

ぼくは昔から負けず嫌いだったが、究極の負けず嫌いは、勝負そのものをしなくなる。

勝負そのものを避ければ、勝つことはないが、負けることもない。

夢を持たなければ、それをあきらめる自分とは出会わずにすむ。

当時のぼくが、「プロ野球選手」は自分の夢をかなえるためのひとつの手段であって、それがダメだからといって、夢をあきらめる必要はないということを知っていたら、自分の本当の夢って何だろうって考えることができただろう。

そして、それをかなえるための手段を変えていったところで、これほどまでに「自分はダメなやつだ」と落ち込まずにすんだかもしれない。

夢を持てば、目の前に「越えるべき壁」がやってくるというあたりまえのことにも、この歳になってようやく気がついた。

「やりたいこと」を「やらなければならないこと」に変える作用が夢にはある。

ぼくはそのことにあまりにも無防備だった。

きっと、ぼくだけじゃないだろう。

夢を持つ前は、ただ好きだから毎日やっていることも、夢を持ったがばかりに、やらなければならないことに変わり、どんどんそれが嫌いになるということを、多くの人が経験して大人になっている。

「やりたいこと」をすべて「やらねばならないこと」に変える力が、夢にはあるからこそ、夢を持ったとしても「やりたいこと」が「やりたいこと」のままでいられる「人である」ことが、夢を持つ前にどうしても必要だったんだ。

では、「やりたいこと」が「やらなければならないこと」に変わる人と、「やりたいこと」のまま変わらない人の違いはどこにあるのか。

それは、目の前にやってくるものをどう受け取るかだ。

無条件ですべて受け入れようとするのか、そのときの自分の都合で取捨選択するのかの違いと言っていい。

目の前にやってきたことから、面倒だという理由で逃げてしまうようであれば、もともと自分がやりたかったことからすら、気づかぬうちに自分から逃げるようになってしまう。


小学校の低学年の頃までの子どもたちは、目の前にやってくるものすべてに対して本気で取り組む。手を抜くということを知らない。

教育実習に行った友だちが言っていた。

小学生は、国語の時間、小説を読むときに、役割を決めて読書劇のようなことをやると、みんな本気でその役を演じようとする。ところが、中学生に同じことをしようとすると、

「それ、意味あるの?」

「子どもじゃあるまいし……」

「それやったら成績上がるの?」

と、やる前から、やらない理由を考えようとする。

照れもあるのだろうが、すべて行動が打算的になるのだ。

でも、本気で取り組んでいることの中にしか、ぼくたちは夢を見つけることはできない。だから、目の前にやってくるものすべてに対して、本気で取り組む毎日を送っている小さな子どもにはたくさんの夢がある。

ところが、中学生にもなると、自分で授業の受け方を決める。

苦手な教科は不真面目に受けるようになる。気分が乗らなければ話を聞かなくなる。小学生の頃のように、目の前にやってくるものに全力で……ということができなくなる。

高校生になると、受験に関係ない教科は「いらない」と判断して授業すらとらなくなる。

ところが、その「いる」「いらない」の判断は、そのときの自分の都合によるものだから、ただそのとき面倒だからというだけで、「いらない」と簡単に切り捨ててしまう。

そのようにして、自分の目の前にやってくることのうち、自分に必要なものだけを残して、それだけはちゃんとやろうという姿勢に変わるわけだが、いつの間にか判断基準が、必要かどうかではなく、面倒かどうかになり、ついには、目の前にやってくる出来事すべてに対して、何かと理由をつけて、本気でやれなくなる。

自分で決めた「これ以上は譲れない」というラインを、自分で簡単にずらしていってしまうのだ。

そうなった若者は、この言葉を発する。
「何か、面白いことないかな…」
子どもの頃、毎日が楽しいのは、面白いことをしているからではない。

本気でやれば何だって面白い。
そして、本気でやっているものの中にしか、夢は湧いてこない。

夢はそこらへんに落ちているものではない。

「夢を探す」という言葉を使う人がいるが、探しても見つかりっこない。
見つかるのはせいぜい、儲かりそうな職業や、これならやってもいいかなと思える仕事。

夢というのは、自分の内側にしかないものなんだ。

とまあ、こういったことを論文としてまとめている。

もちろん、自分で考えたことというよりも、実は、ぼくが講演会などを聴いて影響を受けた人たちの言葉の受け売りなんだけれども、どの部分が誰の受け売りかなんて自分でも説明できないほど、すべての人の意見が今の自分の中で混ざり合っていて、そうである以上、もはやぼくの意見と言っていいんじゃないかと開き直って、論文を書いている。

ぼくが出会ったかっこいい大人たちは、みんな自分でやりたいことに対して本気で生きている。

自分のやりたいことから逃げていない。

「この道」と決めた道を歩んでいくときにやってくるすべての困難を「はい」と笑顔で受け入れている。

それによって、儲かるか、儲からないか、周りにどう思われるか、安定しているかどうかなんて考えてもいない。


「計算」ではなく「情熱」をベースに行動している。

情熱を持ってやっていることの先には、
彼らなりの「夢」がしっかりとある。

自分のやりたいことをやって成功している人には、ある共通点がある。

それは、事前にどう計算しても誰もが「それはできない」と思うようなことに挑戦しているということだ。そして、その不可能を可能にするのに必要な人との奇跡のような出会いを経験しているということだ。


本気で生きる人には、必ずその夢の実現を応援する人が現れる。


ぼくが出会ったすべてのかっこいい大人がそうだった。

いや、それだけじゃない。この卒論を書くために読んだ歴史上の偉人たちの伝記だって、すべて同じだ。

人との出会いなんて「計算」できるはずがない。

それなのに、みんな、将来のことを真剣に考えていると言いながら、出会いとか縁といったものをはじめから無視して、将来を「計算」しようとする。

でも、本気で生きる情熱は必ず磁石となって、「出会いという奇跡」を引き寄せてくれる。

そのことは間違いない。


それに気づいてから、ぼくは、将来の心配をするのをやめた。

大学を卒業したら、こういう仕事に就いて、月々いくらもらえて、こういう生活をして……ぼくが今後、情熱を持って行動したりはしないと決めて生きるのだとしたら、そういう計算通りの人生になるのかもしれない。

そしたら、今は就活に必死になるだろう。少しでも、条件のいい会社にとか、安定した職業に、という焦りでつぶされそうにもなるだろう。

でも、どんなに将来を計算しても、これから先の人生、いつどこで誰に出会うかを将来の設計図の中に組み込むことなんてできない。

それより、情熱をベースに、自分の目の前にやってきたことに本気で取り組んで生きていけば、必ず自分の本気を応援してくれる人との出会いが訪れる。そして、その出会いによって人生は、自分が想像もできないほど素晴らしい方向へと動いていくんだ。

それは間違いないことだ。

だいたい、あるひとつの分野で本気で生きている人が、同じ分野で本気で生きている人に出会わないほうが難しい。ちょっと考えればわかることだ。


目の前のことに本気で生きれば、奇跡が起こる。

でも、本当は、それは奇跡ではなく、あたりまえの出会いなんだ。


ぼくはそんな生き方をしようと決めた。

そんなぼくに、瑞穂は、

「夢みたいなことばかり言ってないで、現実的に将来のことを考えてよ」と言った。

そのひとことで、ぼくは別れを決めた。

瑞穂はこのひとことをずっと言いたかったのだろう。

今まで言わずに我慢してきたのは、大学も卒業が近くなったら、ぼくも焦って就活を始めると踏んでいたからかもしれない。その日まで、この言葉は言わないようにしようと、決めていたに違いない。でもいっこうにその気配がないぼくに、思わず言ってしまったんだろう。

瑞穂と付き合い始めたのは、大学一年の夏休み頃からだ。

大学で同じクラスになったぼくたちは、第一希望のK大学に不合格になって、この大学に入学することになったという共通の過去を持つという理由で、意気投合した。

ささいな共通点ではあったけれど、大学というまったく新しい環境に飛び込んできたぼくたちは、お互い、少しでも早く打ち解けた関係の誰かがほしかったんだろう。

それからは、自然な成り行きで教室でも隣同士に座るようになり、いつの間にか、いわゆる恋人同士になっていた。そう言えば、高校まではあれほど重要だった「告白」すらしたかどうか覚えていない。

瑞穂は一年生の頃から、将来は実家のある千葉県で学校の先生になると言っていた。

「小さい頃から、学校の先生になるのが夢だったんだ」

はじめて自分の夢について語ったとき、彼女はそう言った。

「どうして？」と聞くと、彼女は、

「だって、子どもが好きだし……」と答えた。

ぼくは、「ふうん、そうなんだ」と流した。

そのとき、ぼくは、自分の将来の希望について何も話をしなかった。

瑞穂もそれを、特に気にしている様子もなかったし、聞こうともしなかった。彼女の中では勝手に、ぼくが先生になりたいと思っていると、決めつけていたのかもしれない。

まあ、それも無理はない。

なにしろ、ぼくたちが通うこの大学は教育大学だ。

それに一度だけ、将来について聞かれたときにこう答えたことがある。

「英語・数学・国語・理科・社会の主要五教科に〈人生〉という教科を加えて、この国の教育を主要六教科にするのが夢だ」

彼女は笑って聞いていたが、そんなやりとりから、ぼくの将来の希望を勝手にイメージしてしまっていたのかもしれない。


ぼくは一年生の頃から、可能な限りいろんな人の講演会に出かけた。

もちろん、高校生のときに片想いをしていた女の子からの影響だ。

たくさんの講演会に足を運ぶようになって、講演会と名がつくものはすべて素晴らしいというわけではないということもわかった。なかには、ものを売りつけようとするためのものや、ちょっと洗脳されそうな怖いものもあった。

そうしてみると、当時その子が紹介してくれた人たちの講演会がいかに素晴らしいものだったかということがわかる。

結局、一年の終わり頃になると、その回数も減っていった。

話を聴くのも大事だけれど、自分が何をやるかのほうがもっと大事だ。
いつの間にか、すごい人の話を聴いたり、すごい人に会ったことがあるということに満足してしまって、何もしていない自分がいることに気がついたのだ。

「いい本と出会っても、自分が何もしなければ、出会っていないのも同じだ。
いい本と出会ったら、必ず何か行動を起こして、

この本と出会ったから今の自分がある
という状態をつくらなければならない。
そうしたときにはじめて、君にとっての、その本の価値が決まる」

そんなことを高校時代に宮下先生が言っていたが、講演会も同じだ。

大切なのは、自分が何をするかだ。

そのことに気づいてからは、お気に入りの人の講演に絞って行くようになった。

大学二年のとき、一度だけ、「興味がない」と言い張る瑞穂を、講演会に連れて行ったことがある。

「騙されたと思って、いっしょに聴いてみてほしい」

そう言って無理やり誘った。

高校時代に、CDを聴いて感動した、ロケット開発をしている重松さんの話だ。

ぼくにとっても、実際に会うのははじめての経験でドキドキしていた。

感動で心が震えたまま会場を出たぼくは、

「来てよかっただろ？」と瑞穂に聞いてみた。

彼女は、

「まあ、あれはあの人だからできることよね。わたしたちにはあんな非現実的なこと、無理よ」と言っただけだった。

ぼくはそれ以来、彼女を講演会に誘うのをやめた。

彼女も、ぼくが講演会に行こうとするのをやんわりとやめさせようと諭すようになった。

「まあ、超特別な生き方をしている人の話を聴きに行くのもいいけどさ、その人にしかできない話を聴きに行ってもねぇ。それより、大ちゃんだって、ふつうに生きていかなきゃいけないんだから、もっと現実的なことに時間を使ったら？　教員採用試験の勉強するとか」

そのうちぼくは、講演会に行くために彼女にウソをつくようになっていった。

瑞穂は、結局、ぼくの「騙されたと思って」という言葉は、本当に騙されるだけだと判断したのか、ほかの誘いも、はなから自分が興味のないものについては、「わたしは、やめとく」と興味を持たなくなった。

だから学園祭で毎年披露されるぼくの落語を、瑞穂は一度も聴いたことがない。

そう、ぼくは大学の落語研究会に入っていた。まあ、こちらのほうはいつまでたってもうまくならないので、聴きに来いと誘うこともなかったけど。

それでもぼくたちは別れずに付き合っていた。

合わない者同士がなぜ？　と言われそうだけれど、お互いの趣味や興味が違うというのは、そんなに珍しいことでもないはずだ。

現に、ぼくだって彼女が所属しているテニスサークルに何度も誘われたけど、どうしてもやる気になれなかった。あのノリについていけない。

まあ、ぼくたちが付き合っていた理由なんて、お互い、ひとりになるのが寂しかっただけからかもしれない。

三年生になって、周囲が教育実習や就職活動の準備をしはじめる頃になってはじめて、瑞穂はぼくが学校の先生になるつもりがないことを知った。それどころか一般の企業に就職する気もないことを。

ぼくたちの関係は、少しずつギクシャクし出した。

とりわけ将来の話をするときは、出口のない暗闇のような雰囲気が二人の間に横たわった。

瑞穂は、自分との将来を考えているなら、ぼくに学校の先生になるか、それがかなわなくても、規模が大きい安定した企業に就職してほしいと言うようになった。

ぼくは、そのたびに、「まあ、考えておくよ」と、ごまかしていた。

言い合ってケンカになるのも面倒だった。

なにせ、将来の話さえしなければ、二人とも笑顔でいられるのだから。


そうも言っていられなくなったのが、四年生の春だ。

口を開くたびに険悪になった。

暗黙の了解になっていた毎日の電話も、形式だけが残っているような感じで、たしかに毎日寝る前に電話をするけど、楽しい話のひとつもなく、切るようになっていた。


同級生の多くが就職活動に忙しく、教員採用試験のための勉強をするなか、相変わらずぼくは、そのどちらもしていなかった。

それでも、将来について何もしていなかったわけではない。

実は、ぼくにとって大きな一歩は、すでにこのとき踏み出されていた。

ぼくは、ビデオカメラとデジカメ、パソコン、そしてソフトをまとめて買った。

アルバイトをしてコツコツためたお金のすべてをはたいて買った。ぼくにとってはかなり勇気のいる一歩だった。なかでも、いちばん値段が高かったのは、小さな箱に入ったパソコンソフトだった。

それでも、手に入れたときには嬉しくて、その日の夜は、瑞穂に弾んだ声で電話をした。

「なんと、今日、念願の新しいパソコン！　買いました！」

瑞穂は、何も言わずにため息をついただけだった。

「ねえ、ちょっと話がしたいんだけど」

彼女は怒っているようだった。

「将来のこと何も考えないで、仕事も決めないでパソコン買って喜んでるけど、わたしのことはどうしようと思ってるの？」

「俺は、自分のやりたいことをやって、瑞穂を幸せにしようと思っているよ」

「そうは思えないよ。夢みたいな大きなことばかり言ってさ、就職先すら考えてないでしょ。みんな、今は努力して先生になるための勉強とか、就活とかしてるじゃない。どうして大ちゃんは自分のために努力しようとしないの？」

ぼくはこれまで付き合ってきた経験から、きっと瑞穂は自分のことを理解してくれないだろうと感じていた。でも、説明するしかない。

「俺の夢は、主要五教科に〈人生〉を入れて、六教科にすることなんだよ」

「なにわけわかんないこと言ってるのよ。学校の先生になるつもりもない人が、どうやって教科を増やすっていうのよ」

「学校の先生になったら、そんなことできないから、ならないんだよ」

「じゃあ、あなたは大学を卒業して何をするの？」

「まずは映画を撮る」

「映画？」

「そう、映画。最初は映画監督だ。そのあとはそれを……」

「もういい。夢みたいなことばかり聞くのはもう嫌。ちょっとはわたしのことも考えてよ…」

瑞穂は、受話器の向こうで怒りに震えて泣いているようだった。

ぼくは、それ以上説明するのをやめて、できる限り優しい声で言った。

「わかってもらえないかもしれない。でも俺は努力していないわけではない。本当にこの国の将来のためになることをしようとしている。俺は、自分のために努力しているんじゃない。この国の教育のために自分にもできることがあるんじゃないかと思ったんだ。だからそれをやろうと決めた。それだけだ」

結局、それから二人の距離が元に戻ることはなかった。

お互いの心が、将来の方向性が、まったく違うとわかった時点で、どんどん離れていくのがわかった。それでも、それから別れるまでに数ヶ月はかかった。

「で、おまえ、映画監督やるって言ったんだろ？」

「ああ。映画っていっても、はじめは簡単なスライドショーみたいなものからだけどな」

「ダメだよ、大ちゃん。だいたい映画監督で成功している人ってほんの一握りだろ。こんな世の中だからスポンサーも集まらないし、映画産業はこれから先が見えているだろう。そりゃあ、瑞穂ちゃんだって不安になるってもんだよ。

今みたいに、将来がどうなるかわからない世の中では、先生になるのがいちばん安定してるって。今からでも遅くないから、勉強してさ、来年の採用試験受けなよ、大ちゃん」

涉はアイスコーヒーをストローでかき混ぜながら、熱弁をふるった。

「俺だけ安定してもしょうがないだろ。子どもたちの未来を良くしてやんなきゃ」

「相変わらず、熱いねぇ。たしかにそうだけど、自分の生活や家族を幸せにできないやつに世の中を良くするなんてできないだろ」

「渉。聞いてくれよ。人間を動かすもっとも強い力って何かわかるか？」

「人間を動かす力？」

涉はちょっと考える仕草をした。

ぼくはちょっと苦笑いをした。

「なんだ？　金か？」

「たしかにお金も一時的に人を動かすけれども、実はお金という報酬では最終的に人は無気力になってやる気をなくすんだよ。実際にいちばんの原動力になっているものは、不安や恐怖だよ。俺たちが、就職活動に必死になるのも、採用試験の勉強で必死になれるのも、将来に対する恐怖や不安からだよ。

でもそれは、動物的な原動力だ。犬や猿、ライオンだって同じ動機で動く。腹が減ったら、死ぬかもしれない。だから餌を狩りに行く。ところが満腹になったら、もう動かなくなる。その不安や恐怖が去った瞬間に、行動をやめてしまうことになる。今までの俺たちのような気がしないか？」

「まあ、たしかに、受験前とか追い詰められないと勉強しなかったけどな」

「ところが、人間だけが持っている原動力がある」

「人間だけが？」

「そう、〈憧れ〉だ」

「憧れ……？」

「高校野球でいい試合があったあと公園に行ってみろ。人間は、憧れに動かされる動物だということがよくわかるだろう。子どもたちはみんな野球をしてるぞ。ワールドカップの年はサッカーをやる子が増えるし、あるスポーツでひとりの天才が出現したら、その競技を始める子どもの数は飛躍的に増える。ゴルフも卓球もテニスもそうだ」

「まあ、たしかにそうだ。だからどうしたんだよ」

「まあ、最後まで聞いてくれ。ところが、子どもが憧れる存在はどこにいて、どんなきっかけで子どもの前に現れる？」

「まあ、テレビかな」

「そう。そこだ。子どもの将来の夢にサッカー選手と野球選手が多いのは、子どもが目にする機会が多いからだ。じゃあ、それ以外に本当は知っていたら憧れをいだいたかもしれない大人の仕事ってないかなぁ？」

「そりゃあ、あるだろうね。たくさん」

「そう、たくさんある。世の中にはかっこいい大人はたくさんいるんだ。それを誰が子どもたちに紹介する？」

「……」

涉は黙ってしまった。

ぼくは続けた。

「ぼくはそれを紹介するのが、先生のひとつの役割だと思ってる。でも、残念ながら先生たちもそういう大人が世の中にいることを知らない。自分が生きてきた人生と、自分の周りにいるほかの先生しか見ていないから、大学に行って学校の先生になったり県庁に入ったりすることが幸せな生き方だって思ってる。

だから紹介のしようがない。それなのに、『夢を持て』とか言うんだ。結果として子どもたちが憧れるのは、テレビでよく見る職業か、偶然出会った職業だけになる。実際に先生が知っていても、中学、高校になると、教科の勉強を教えるのに忙しくて、それ以外のことなんか教えてくれない。

思い出してみろ。今までに大学も含めて十六年も学校に通ったんだぞ。その中で、何人の憧れの存在に出会った？　どれだけの憧れの人について教えてもらった？　かっこいい仕事をして生きている大人がいるってことをどれだけ教えてもらった？」

「残念ながら、俺はひとりもいないな」

「そうだ。俺もかろうじて一人か二人いる程度だ。十六年で一人か二人だ。だから俺はそんなかっこいい大人を紹介する映画を、子どもたちが憧れをいだけるような人がいるということがわかる映画をつくるんだ」

「つくってどうするんだよ。そんなの、誰もお金を払って見ないぞ」

「渉は全国にいくつの学校があるか知っているか？」

「見当もつかないな」

「小中高、そして幼稚園を合わせると、八万を超える。そのほとんどが持っているある施設がある」

「もったいぶるなよ」

「わかったよ。図書室だよ。図書室は本の貸し出しをする。そしてそこには必ずと言っていいほど、偉人の伝記がある。そこには、子どもが強い憧れをいだくのに十分な、すごい人の人生が書かれている。でも残念ながら……」

「読まれない」

「そう、読まれない。だから、映画にする。それをすべての学校の図書館に入れる。本の貸し出しができるんだから、そろそろ映像の貸し出しをしてもいい時代だ。

本は読めなくても、図書館の本棚にＤＶＤが並んでたら持って帰るんじゃないか？

内容的に認められたら、それを週一回、授業で取り上げる学習を導入する学校だって出てくるかもしれない。

それが俺が夢に描いている〈人生〉って教科だ。

毎週一回、誰もが憧れるようなかっこいい大人の人生に子どもが触れるんだ。一年間で三十人は紹介できるだろう。そこには、子どもたちが見たことも聞いたこともない職業や可能性がたくさんあふれている。

小中高と十二年続けてみろ。三百六十人のいろんな分野で活躍する人の人生に触れることになる。子どもたちの憧れは多様化して、人生の選択肢は広がる」

「それをおまえがやるの？」

「ああ、俺がやる。そのための道具を買った。そしてもう、つくりはじめている」

ぼくの顔は希望に満ちていた。

対照的に、渉は弱り顔だった。

「まあ、可能性はゼロじゃないと思うけど、限りなくゼロに近いな。それに誰もやったことないだろ」

「誰もやったことがないから、やるんだよ」

「うまくいきっこないよ。それにそれがうまくいくんだったら、もう誰かがやってるだろ。大手の映画会社とかさ」

「確実に儲かるとわかるまでは、大手は手を出さないさ。だから俺ひとりでもそれが儲かる仕事にする必要があると思っている。そうすれば、大手も動いてくれるからな」

「そうなれば、おまえは儲からないぞ」

「それでも、俺の夢だった〈人生〉という教科はこの国に定着する」

「なんだか夢みたいな話だな」

「だから俺の夢だって言ってるだろ。本気で生きる人間がどんな奇跡を起こすか、おまえは知らないだろ。

　五年後の自分の可能性を舐めちゃダメだ。本気で生きる人間の五年後は、世の中の誰も想像することなんてできない」

「まあ、そうかもしれないけど……でも、いつになったら安定するかもわからないし、はたして儲かるかどうかもわからないんだから、はじめは会社に入ってお金をためたほうがいいんじゃないのか？」

「思い立ったが吉日という言葉がある」

「なるほどね。でもそうしたら瑞穂ちゃんとはもうヨリを戻せないぞ。彼女は自分も学校の先生になりたいが、結婚する相手も同じように安定した仕事がいいって思ってるようだし」

「ああ、わかってる。でもしかたがない。もう決めたことだ」

「じゃあ、俺が瑞穂ちゃんを誘っても怒らないか？」

なんだ、そういうことか。

渉がここに来たのは、ぼくに先生になってほしいからなのか、それとも、なってほしくないからなのか、わからなくなってきた。

渉は、瑞穂に交際を申し込みたいと思っているという話をしはじめてから、先ほどとは打って変わって饒舌になり、ぼくが、

「それは、渉と瑞穂の問題だから好きにしろよ」

と言うと、明るい顔をして店を出て行った。

店の入り口で別れるときには、

「大祐、おまえ、頑張れよ！」と背中をたたかれた。

ぼくはやれやれと、ため息をついてアパートに帰った。

実家に帰る準備をしなければならない。

二十二歳のわたし

大きなトランクを引きずりながら、久しぶりに歩く故郷の街。

大きく変わったようには見えないけど、わたしがここに住んでいた頃よりも、街全体に元気がなさそう。

商店街では、四年前には開いていたたくさんのお店が、たたずまいはそのままに主《あるじ》をなくして暗く沈んでいる。ここにいた人たちは、どこに行ってどうやって生きているのかしら。

お父さんのお店は、まずまず順調らしい。

「最近は、お客さんもおまえがいた頃の八割程度に減ったかな」

なんてもらしていたけど、それって本当にすごいことだと思う。わたしは、そんなお父さんのおかげで、こうやって無事に、自分の好きな人生を歩むことができているんだもの。

大学を卒業するまでは、日本に帰って来ないって決めていたけど、いちばんの親友が結婚するっていうのに、帰って来ないわけにもいかない。

お父さんも、

「親友の結婚式に出ないわけにはいかないだろ」

なんて、本当は会いたいくせに、素直じゃない。

結局、わたしは日本に帰ってくることにした。

短大を卒業して、地元で幼稚園の先生をしていた知佳は、早々と結婚を決めた。

相手は、園長先生の息子さん。十歳も年上なんて、わたしには想像もつかない。

でも、送ってきてくれた写真を見る限り、そんなに年上にも見えないほどかっこいい人で、お似合いだった。


家に着いたわたしを迎えてくれたのは、さくらちゃん。

実際に会うのははじめてで、本当は知佳の結婚式よりも、いとこのさくらちゃんに会うことのほうが楽しみだった。

ドアを開けた瞬間に、ドタドタという足音が聞こえて、危なっかしい足取りで玄関まで歩いてきたさくらちゃんは、

「ねぇね」と言いながら、いきなりわたしに抱っこをおねだりした。

わたしは、さくらちゃんが痛がるほどぎゅっと抱きしめた。

まだ二歳だけど、笑ったり、わけのわからないことを言って走り回ったりして、本当にかわいい。

幸いなことに、今のところ、輝兄ちゃんに似たところはない。

お父さんが、お客さんの髪を切りながら「おかえり」とチラッとだけこちらを向いた。

この家に帰ってきたのは三年ぶりなのに、今朝出て行って帰ってきたみたい。

「チーちゃんから電話があったぞ。帰ってきたら電話してほしいって」

「うん。わかった」

わたしは、トランクを自分の部屋に放り込むとすぐに知佳に電話した。知佳が使っている携帯の番号が変わっていないことがなんだか嬉しい。

「真苗！　お帰り。ホンマに帰ってきてくれてありがとう」

「いいえ、こちらこそ、大事な式に呼んでくれてありがとう。それに……おめでとう」

「ありがとう。ねぇ、今から会える？」

「うん、会えるよ。でも、準備とかいいの？　結婚式明日でしょ」

「大丈夫。あまり時間はないけど、どうしても会って話したいことがあるから」

「わかった」


わたしたちは、二人でよく歩いた通学路を三年ぶりに並んで歩いた。

なんだか、言葉が見つからない。

でも、悪い感じじゃない。

「アメリカ……」

「ん？」

「アメリカ、どう？」

「楽しいよ。考え方も価値観も文化も違う人ばっかりだからね」

「そう」

初夏の日差しがジリジリと照りつける。でも時折吹く心地よい風に合わせるかのように、知佳は途切れ途切れに話を続けた。

「わたしな、真苗が、急にアメリカ行くって言い出したとき、やっぱりすごいなぁって単純に感心してたんよ。でもな、あとからあることを知って、わたしのせいじゃないかって思うようになって、なんていうか……」

きっと、大ちゃんのことを言っているのだろう。

「わたし、知らんかったんよ。大ちゃんが真苗に告白してたなんて。本当に、それを知ってたら、わたし、ちゃんと応援したし、ほら、結局、だからわたしもあきらめて……」

「わたしがパーだったの」

「え？」

「知佳は悪くないよ。わたしが言わなかったのが悪かったのよ。あのとき、わたしがパーで、知佳がグー。負けた知佳が大祐くんのことを言ったでしょ。もし、あのときわたしが負けていたら、同じことを言おうと思ってたんだ。好きな人ができたって。その人と付き合おうと思うって。その人は大祐くんだって。もし、そうだとしたら、知佳はきっと、自分のことは言わなかったでしょ。あのときのジャンケンがすべて。だからもういいの。それに、わたしのほうこそ、あのとき、本当のことが言えなくてゴメン」


結局、あのとき知佳は、大祐くんのことを大祐くんと仲のいい男子にそれとなくリサーチしてから告白しようと思ったらしい。

ところがそのときに、大祐には別に好きな人がいて告白したけど数日前に振られたばっかりだから今はやめといたほうがいい、とアドバイスされたようだ。

知佳はそのことを聞いて、告白するのを思いとどまった。

で、その相手というのがわたしだということをあとから噂で聞いたのだ。

「その噂を知ったときには、もう真苗はアメリカに行くって決めてて……だから、それってわたしのせいかなっていうのを聞くのが怖くて……」

わたしは笑った。

「知佳のせいじゃないいわ。大祐くんと無関係というわけじゃないけど。なにか、自分の中の常識を変えることがしたくなっただけ。結果として、本当に留学してよかったと思ってるから、いいのよ」

「あれほど、仙台の大学に行って、ほら、誰だっけ……」

「加藤芳雄さん」

「そうそう、その人のところでいろいろ学びたいって言うてたのに……」

「そうね。でも、なにか違うような気がしたんだ」

「違う気がした？」

「うん。わたしがしようとしているのは、誰かにすがったり、頼ったりすることじゃないかって。すごい人と知り合いだったり、その人の近くで学ぶ機会を持ったら、なんか、自分もすごい人になれたような気がするけど、それって、そこに行けば大切にしてもらえるってわかりきっている場所で、自分を成長させることにはならないような気がしたの。もっと、本当に外に出て自分を鍛えたいというか……。やっぱり、臆病で、小さくまとまっている自分がいて……。それを壊したかったのかな」

「お父さんが、より許してくれたね」

「実は、お父さんの勧めなんだよ」

「えっ？　お父さんの？」

「親子って、なんとなく考えてることがわかっちゃうんだろうね。わたしがなんとなく落ち込んでいるように見えたんだと思う。だから、それまで考えもしなかったことを提案して、わたしの未来図を一回、真っ白にしようとしたんじゃないのかな」

その日のことは、昨日のことのように覚えている。

大ちゃんとの一件があってから、一週間ほどあとのことだ。

わたしが家に帰ってくると、机の上に、留学情報雑誌が無造作に置いてあった。

その日の夕食のとき、わたしは思い出したようにお父さんに言った。

「そう言えば、お父さん。わたしの部屋に入ったでしょ」

「ああ」

お父さんは、ちょっと苦笑いをしたけど、特に悪びれている様子はない。もちろん、わたしも、部屋に入られるのがそれほど嫌なわけではない。部屋の中をあれこれ物色するような人ではないし、ただ、机の上に雑誌を置いただけなのはわかっている。

「で、何？　あの雑誌」

「ああ、おまえ、留学したらどうかなと思ってさ」

「わたしはもう、行きたい大学も決まってるし、大学時代の過ごし方まで考えているんだから。加藤先生の近くでいろいろお手伝いとかもさせてもらって、ってお父さんにも話してあったでしょ。それに、それでいいってお父さんも言ってたじゃない」

「ああ、それはわかってる。でも、よく考えてみたら、それでいいのかなあって思ってな」

「それでいいのかなぁって、第一、わたし、留学なんて考えたこともなかったし……」

「そう、そこだよ。留学なんて考えたこともなかったろ。なんで考えなかったんだ？」

「なんでって言われても……」

わたしは考え込んでしまった。

もともと、選択肢の中になかったものを、どうして考えなかったと言われても、なんとも言いようがない。

「最近、常連になったお客さんの中に海外の大学を卒業した女の子がいるんだよ。その子は、お父さんがまずまず大きな会社の社長さんで、大学は海外に行くことって決められていたらしいんだ。もちろん本人は、小さい頃からそう刷り込まれていたから、理由もわからず、とりあえずわたしは海外に行くんだなぁって、そんな感じだったらしい。

それでもいざ行ってみると、やっぱり価値観がまったく変わって帰ってきたって言うんだよ」

「そりゃ、そうだろうけど……。海外の大学のほうが日本の大学よりもレベルが高いかどうかなんてわからないでしょ」

「レベルの問題じゃない。心の壁の問題だ。そのお客さんの友だちは世界中にいるんだ。その話を聞くだけでも、本当にうらやましいくらい素敵な人生だぞ。そこで出会った友人たちには、自分の中にある心の壁がなかったって話に、お父さんは頭をガトゥーンと殴られるほどの衝撃を受けたんだよ」

「どんな話？」

「同じ大学には、世界中から学生たちが集まっているらしくてね、ニュージーランドから来た学生と大の親友になったんだそうだ。その子が言うには、ニュージーランドの若者は、高校や大学を卒業するとまず、オーストラリアやイギリス、アメリカといった別の国に行こうとするらしいんだよ。自分の国には十分な仕事がないからね。日本とはえらい違いだと思わないか？」

「そりゃあ、言葉の壁がないもんねぇ、ニュージーランドも英語圏の国だし」

「そこだよ、真苗！　言葉の壁が心の壁になってるって、俺たちは日本にいるときにはあまり気づいていないだろ。だから、日本の高校生を見てみろ。卒業後の進路は、日本の大学、短大、専門、就職、の四択。それ以外ははじめから考えてもいない。大学生も同じだろ。卒業後は就職か大学院の二択。それ以外はないと思っている。でも、本当はもっとたくさんの選択肢があるんだよ。ところが、最初から自分の中で候補にすら挙がらない。どうしてだかわかるだろ……」

「それは、わたしには無理だって……」

「そう、やる前から、それはできっこないって思ってる。たとえば、ニュージーランドの若者みたいに、他の国の大学に行くこともできるけど、そこはあえて自分の国の大学で勉強すると、そういう選択なら何も気にすることはない。

でも、どうも日本の若者の場合、はじめから頭の中の舞台に〈世界〉がない」

頭の中に何十回も、「でも…」「でも…」と、お父さんの提案に反対する理屈が出てきたけれど、そのたびに呑み込んだ。

自分の心は、自分がいちばんよくわかっている。新しいことに対する恐れ。

わたしは怖いんだ。

ひとりで海外の、言葉も通じない場所に行って、四年間も生活するなんて……。

それまで、いろんな世界で活躍する、一流の人たちの講演を聴いては、憧れをいだいて、自分もあんな大人になりたいって思ってきたけど、いざ、自分が外の世界に飛び出すのは、怖い。

この怖さはなんだろう……。

「でも、お父さん。留学ってどれだけお金がかかるか知ってるの？　その人は社長さんの娘だからいいけど、うちはたいへんよ。仙台でひとり暮らしするのだって結構たいへんでしょ。それに、何かあったらすぐに帰ってこれる距離じゃないんだよ。四年間もお父さんをひとりにしておいたら、お父さん、寂しくて泣いちゃうでしょ」

お父さんは、微笑みながら首を振った。

「まあ、聞きなさい、真苗。これはチャンスだ。お父さんにとっても、おまえにとっても、新しい人生の第一歩になる。お互いに、自分の心の中にある壁を越えてみないか。お父さんは、知らないうちに心の中に壁をつくっていた。おまえもきっとそうだろ。なんの理由もないのに、『これはできない』っていう壁を持っている。だから、いっしょにその壁を越えないか。

そしたら、人生においてできないことなんてないって心から思えるんじゃないか。自分にはできないって思っていたことが、自分にできるようになっているんだから。あたりまえだけど、見たこともない世界に一歩踏み出すのは不安だ。とりわけ言葉も通じない場所ならなおさらだろ。

でも、これからの日本が生き残れるかどうかは、言葉の壁を心の壁にしない若者がどれだけ現れるかにかかってると思うって、ある本に書いてあった。お父さんもそう思う。

おまえがはじめに考えていた仙台の大学に行くことに反対しているんじゃない。

それが、海外の大学もいいなぁ、でもやっぱりこっちのほうがいいなぁという決め方なら、何も問題はない。でも、そんなことできるとは思っていなかったということで、はじめから選択肢に入れていなかったんであれば、ちゃんと考えてみたらどうだ。

お父さんにとっても、もちろんこれは挑戦だ。

娘を留学させるなんて、考えたこともなかった。考える前にそんなことできないって思い込んでた。

お金の問題だけじゃない。心配でしかたがない。

でも、おまえの生きる力を信じたい。おまえならどこに行っても大丈夫だって信じることが、これからのお父さんにとってはいちばん大切なことなんだと気づいた。

この壁を越えることができたらお父さんにとっても、これからの人生における大きな自信になるんだよ」

わたしは、黙って食卓の上に置かれた留学情報雑誌を見つめていた。

「言葉の壁を心の壁にしてはいけない」

たしかにそうだ。「留学」という響きに、憧れに似た輝きを感じるのも事実だ。

でも、何が待ってるかわからない世界に飛び込む勇気が出ない。

「父さんの世界はたいへんな世界だ。こんな田舎でも毎月、自転車で行ける圏内に新しいお店ができる。どうしてかわかるだろ。美容室というのは、他の業種に比べて自分でお店を始めるのが簡単な業種のひとつだからだ。

資格だってちゃんと勉強する気があればおおむね合格できるだろうし、技術だって練習して習得できない特別なものはない。

そして、いただいているお金は技術料だ。ということは原価がほとんどない。どこかのお店で働きはじめると、固定給で給料をもらうよりも、自分でお店をやったほうが絶対儲かるって思える。だから、ある程度技術に自信ができれば独立する。結果として次から次へと新しいお店ができる。そうなると、競争が激しくなる。古いお店から、どんどん経営が厳しくなっていく。

ところが、お父さんの店みたいに、なかなか予約がとれないような店もある。これもどうしてだかわかるだろ。

お父さんはコンクールの全国大会で優勝したことがある。その噂が広まって、一度は髪を切ってもらいたいという人がたくさんいるからだ。わざわざ本州から来る人だっている。知識も、経験も、技術も、資格もそうだ。

簡単に手に入るものは、簡単に役に立たなくなる。

一方で、手に入れるのが困難なものは、一度それを手に入れてしまえば、誰もがそれを求めてその人のもとに集まるようになる。

おまえは、これから自分の人生を始めるんだろ。

せっかくの一度っきりの人生だ。
ひとつくらいは、誰もが無理ってあきらめるような
簡単には手に入らないようなものを
追い求めて生きていこうぜ、お互いに」

わたしは、相変わらず机の上の雑誌を見つめていた。でも、その目は輝いていただろう。

お父さんは、人をその気にさせるのがうまい。

「な、一度、真剣に考えてみろ。不安なのは最初だけだ。一年も向こうにいてみろ。日本に帰るのが嫌になるくらい、楽しい毎日を送っているはずだ。寂しくなって話そうと思えば、今は便利な世の中だ。メールもあるし、パソコンを使えばテレビ電話みたいに話もできるらしいじゃないか。

それに、不安なのは必ずしも悪いことじゃないぞ。その不安は、新しいことに挑戦している証だ。ほら、転校した初日に感じた不安と同じ。昨日までとは違う人生が始まるときに感じる感情だ。


だから、その不安には、胸を張っていい。自分は挑戦してるんだって」


結局、わたしはアメリカに行くことにした。

お父さんの言ったとおり、今となっては本当に留学してよかったと思う。

もちろんはじめの半年は本当にたいへんだった。

でも、三年たった今、わたしは自分の世界が広がったのを心から感じる。

言葉の壁が心の壁ではなくなった。

わたしの舞台は日本ではなく、世界になった。

そして、日本のことを大好きになり、もっと知りたくなった。

日本にいたら、そんなことを考えもしなかっただろう。

三年間のアメリカ生活は、わたしに、自分が日本人なんだということを強く意識させた。


わたしは知佳と並んで、眼下に田んぼが広がる畦道に腰かけた。

「卒業したら、どうするん？　日本に帰ってくるの？」

「そうね、そのつもり。日本のことをもっと勉強したいから」

「ふうん。なんかすごいね」

「知佳だって、すごいよ。幼稚園の先生だもんね。将来は夫婦で幼稚園経営でしょ」

「ついて行けるかどうか心配。ほら、旦那さん、結構年上やから、考えてることとかも、わたしらなんかよりも大人やし」

「大丈夫だよ。それより、明日だね、結婚式。楽しみにしてる。おめでとう」

「ありがとう」

わたしたちは、故郷の街を見下ろしながら、しばらく初夏の風に吹かれていた。

相手の幸せを心から願える友だちがいるって本当にいい。

きっと知佳もそう思ってくれているに違いない。


知佳と別れて、家に帰ってくると、お店にはお客さんがいなかった。お父さんは出かける準備をしている。

「どこかに行くの?」

「おお、ちょうどよかった。おまえもいっしょに行くか?」

「どこに?」

「最近できた喫茶店があるんだよ。コーヒーがうまくてね」

お父さんは昔から喫茶店マニアだ。

「お店はいいの?」

「ああ。この時間は予約が入っていないから。大丈夫だ」

わたしは外から帰ってきたばかりなので、特に仕度も必要ない。

「じゃあ、せっかくだから、行こうかな」

「ただ、その前に、伊曾乃神社に行かないといけないんだ。昨日、神前の結婚式があってね、そのお客さんの頭をセットしたんだけど、せっかくだからと思って写真を撮りに行ったら、そのお嫁さんのお父さんが、父さんの同級生だったんだ」

この狭い田舎では、そんなことはよくある。

お父さんにも、高校を卒業してから、何十年も会っていない人がたくさんいる。そして人口十万に満たないこの街のどこかで暮らしている人はたくさんいるのに、まったく出会わないまま時間だけが過ぎている。

「そこでつい話し込んでいるうちに、カメラを忘れてきてしまってね。ほら、明日使うだろ、チーちゃんの結婚式で。着替えるからちょっと待っててくれ」

お父さんは、奥の自宅へと引っ込んでいった。


店に残されたわたしは、T字型の箒で床を掃き始めた。

ひとりでお店のことをすべてやっている割には、隅から隅まで掃除が行き届いて、整理整頓もされている。

集めてきた髪の毛をダストボックスに入れているときに、入り口の扉につけているカウベルが低い金属音を立てた。反射的に「いらっしゃいませ」と言って、振り返るとそこにはひとりの若い女性が立っていた。

「あのぉ、予約とかしてないいんですけど、今やってもらうことはできますか？」

その女性は申し訳なさそうに、そう聞いた。

「基本的に、予約のお客さましかお受けしていないんですけど……」

「知ってます。でも、明日友人の結婚式で、どうしても今日中に髪を切りたくて……これまで予約とかしなかったわたくしが悪いんですけど、仕事で忙しくってなかなか時間がとれなかったもんですから……」

「友人てもしかして、知佳のこと？」

その女の人は一瞬ビックリした顔をしたかと思うと、すぐに表情が明るくなって、言葉を続けた。

「そうなんです。同じ幼稚園で働いているんです。あなたは？」

「わたしは幼なじみ。知佳の家はここからすぐでしょ。わたしも明日の式には出ることになっているの。ちょっと待っててくださいね」

わたしは、店の奥に引っ込んでいったお父さんのところに行った。

「お客さんいらしたよ。予約をしてないらしいんだけど、知佳の同僚で、明日の式に出るんだって」

「弱ったな……」

お父さんは苦笑いをしながら、頭をかいた。

「ねえ、やってあげて。明日が友だちの結婚式なのに髪型が決まらないなんてかわいそうでしょ。コーヒーは明日の朝でもいいじゃない」

「でも、カメラはいるからなぁ……」

「わたしが行ってくるよ。どうせヒマだし」

「車で行ったら十数分で着くけど、何で行く？」

「散歩もかねて自転車で行ってくるよ。懐かしの故郷を自転車で巡るのも悪くないもの」

「じゃあ、お願いしようか」

お父さんは、笑顔をつくるとすぐお店に向かった。

「いらっしゃいませ」

一歩店に入ると、仕事をする人の顔になる。背中が誇らしげだった。


家の玄関は、店の入り口と別のところにある。

わたしは、すぐに玄関に回り、自転車をチェックした。

高校時代に使っていた愛車は、今でもあのときのように使えそうだ。きっと、時間があるときにお父さんが手入れをしてくれていたのだろう。タイヤの空気も減っていない。

わたしはサドルにまたがり、勢いよく立ち漕ぎを始めた。

中学校に上がるときに転校して、高校二年までの丸五年を東京で過ごしたわたしにとって、この街の記憶は小学校時代のものばかりだ。

田んぼの側道や、旧道脇の用水路。

ガードレールも何もなくて曲がりくねった道に沿って、きれいな水の流れが続く。

昔はここに浸かって、メダカやザリガニを捕ったりした。

昔はあんなに大きく感じられた川の幅や深さ、道の幅などをとても小さなものに感じる。

それこそ、ミニチュアの街に来たと錯覚するくらい小さい。

子どもの頃は、わたし自身が小さかったからというのもあるけれど、幅も広くまっすぐなアメリカの道を見慣れたあとだからかもしれない。

ただ、自分の記憶そのままの場所もある。

そこは、高校三年の一年間で、思い出がリニューアルされた場所だ。

あのときよく通った道は、あのときの記憶のままの大きさで今もまだ存在している。

わたしは、ときに脇道にそれたり遠回りしたりして、昔の記憶をたどりながら、神社を目指した。

それまですっかり忘れていたのに、何かのきっかけで記憶の片隅から蘇るものがある。

何年も会っていない小学校の同級生の顔が思い出せないのに、何年かぶりにその人に会うと、ちゃんとお互い誰かわかってしまうような感覚。

わたしは、とあるスーパーの前にいた。

この近くには、お母さんが入院していた病院がある。

あのとき、わたしはまだ小学校二年生だった。

一度だけ、このスーパーにお母さんといっしょに来た。

どうしてかはわからない。でもこのスーパーを見て、ここにお母さんと来たことがあるということを鮮明に思い出した。

当時のわたしは、友だちが家族で出かけたという話を聞くたびにうらやましかった。

ずっと入院していたお母さんに、そのことをついもらしてしまったのかもしれない。それとも、お母さんの側がそれを不憫に思ったのかもしれない。

ともかく、二人で病院の外を散歩した。

すぐ近くの公園に座って、二人で絵を描いた。

画板や絵の具など道具もそろっていた。お母さんも絵を描いた。

あのときの絵は、どこに行ったんだろう。

その帰り、このスーパーでお母さんはチョコレートを買ってくれた。

わたしは、お母さんにもあげると言って、板チョコを半分に折って差し出した。

お母さんは、それを受け取るとまた半分に折って、

「じゃあ、これだけもらうね」と言って、おいしそうに口に入れた。

「まなちゃんと、お母さんだけの秘密ね」

お母さんはそう言った。

本当はチョコレートを食べちゃダメだったのかな。

今ならわかるけど、その頃はわからなかった。


久しぶりに会った古くて新しい「お母さんとの記憶」に涙が出た。

そのあと、わたしはお母さんと病院に帰って、お見舞いに来ていた輝兄ちゃんと会ったんだ。お母さんと出かけたことなんてなかったわたしは、嬉しくてしかたなくて、輝兄ちゃんに、お母さんから買ってもらった板チョコを見せびらかして自慢した。

「いいでしょ、これ。お母さんに買ってもらったんだ」って何度も何度も言った。

輝兄ちゃんは、それを覚えていたから、わたしに会いに来るときにいつも同じ板チョコを一枚買ってきてくれていたのだ。

気がつくと、わたしは自転車を止め、スーパーの中に入っていた。

お菓子のコーナーに行き、あの日のように板チョコを一枚だけ手にとった。時間帯が悪かったのか、レジには長蛇の列ができていた。どのレジも時間がかかりそうだった。しかたなく、わたしは並んだ。

わたしがアメリカでいつも使っているスーパーには、三品まで専用のレジが一列だけあって、それ以上の製品を買う人のレジとは並ぶ場所が違う。このスーパーでもそうしてほしいものだ。

なにせ、わたしの前のおばさんなんて、二カゴいっぱいの商品をカートに入れて並んでいる。わたしは板チョコ一枚だけ……。それだけのために並ぶのは、なんだかもったいない気がして、もう一度、陳列棚に戻った。

歯ブラシを持って帰るのを忘れたから、買わなければならないのを思い出した。

歯ブラシを選ぶと、もう一度レジに戻ってきた。

さっきの列にはカートを押しているおばさんの後ろに、別の人がひとり並んでいたので、隣の列に並んだ。

「どっちのほうが早いかな」なんて、どうでもいいことに意識を向けている自分がいた。

わたしの前のおばあちゃんの番になったとき、こっちのほうが早いかも、なんて思ったけど、そのおばあちゃんが財布から一枚ずつ丁寧に小銭を出しているうちに、隣のおばさんだけじゃなく、その後ろに並んだ人までさっさと会計を終わらせて袋に品物を入れていた。

あっちのほうが早かった。

「なんだかうまくいかないものだ」と思い、苦笑い。

それでも、イライラしたりはしなかった。

なんだか、お母さんといっしょにレジに並んでいる気がしたから。

お母さんといっしょにレジに並んで買い物ができたら、どんなに前が混んでいても、話ができることに喜んだことだろう。

わたしの前のおばあちゃんはお金を出し終えると、ゆっくりと振り返って、

「遅くって、ゴメンね」と言った。

言いながら、ウインクをしたように見えた。

もちろん、腰が曲がったおばあちゃんがウインクするなんて考えられない。

片方の目が上手に閉じなかっただけか、それともわたしの見間違いか……。

一瞬ドキッとしたけど、わたしもすぐに笑顔をつくって、

「いいえ、いいんですよ」って言った。

だって、心の中でお母さんとお話ししてたから……。

スーパーを出たわたしは再び、自転車にまたがり神社へと向かった。

＊

神社は山の麓にあり、いちばん下の大鳥居から本殿まで四百メートルほどの石畳の参道を登っていく必要がある。

わたしは、大鳥居の横にオレンジ色の自転車を止めると、そこから歩いて参道を登った。

大鳥居を一歩くぐると、参道の両脇の背の高い木々が、だいぶ西に傾いたとはいえまだ照りつける夏の太陽の日差しを妨げてくれていて、ヒンヤリとする。

折り重なる枝のあちらこちらから、鳥の鳴き声が聞こえ、なんだか別世界に来たようだ。

いちばん上まで上がっていくと、手水舎《ちょうずや》の隣の大きな御神木が迎えてくれる。

昔から、この御神木が好きだった。

なんだかとても大きくて、何百年も前からこの世界を見てきたんだと思うと、それだけで胸がいっぱいになる。

お母さんの病気が治りますようにと、何度もお父さんとお参りに来たことを思い出す。

わたしは、御神木を見上げて、

「ただいま」と言った。

そのまま社務所に向かって、お父さんが忘れて帰ったカメラを受け取った。

でも、ここまで来ておいて、お参りしないなんて考えられない。

足は自然と本殿のほうに向いた。

ポケットに手を入れて、小銭を握ると賽銭箱に投げ入れた。

大きく息を吸って、景気よく手を二回打つ。

目をつぶって手を合わせ、はじめて何も考えていないことに気づいた。

お願いすることも、お祈りすることも浮かばない。

ただ、浮かんできたのは、さっきスーパーのレジで会ったおばあさんが振り返ったときの笑顔だった。


変なの。

わたしは、とりあえず、また無事で故郷に帰って来られたことに「ありがとう」を言って、目を開けた。

再会

「なんだか、悪いな。ほら、父さんも母さんも新婚旅行以来、二人っきりで旅行なんて行ったことないやろ。もう子どもも大きくなったことだし、母さんをどこかに連れて行ってやらんとと思ってな。でも、ほら、ウチには風太がいるから」

「わかってるって」

言い訳のようにしゃべる親父は、やたらと饒舌だった。きっと嬉しかったんだろう。

なにしろ、二人っきりの旅行が新婚旅行以来はじめてなのは、本当のことだから。

ぼくが大学に通いはじめてからも、二人っきりで旅行をするなんてしたことがなかった。

きっと、ぼくの大学の卒業まではお金の面の心配もあっただろうし、なによりお袋が首を縦に振らなかった。

理由は「風太」がかわいそう。

そう、ウチで買っている犬だ。

ぼくが高校三年生の頃、誕生日プレゼントという名目でウチにやってきた愛犬は、その後、ぼくがいない間に両親の溺愛を受けて、実の息子以上の待遇で育てられている。その犬を連れて行けないので、旅行をしたくないのだそうだ。

ぼくが、その話を聞いて、

「風太の面倒はみるから、行ってきなよ」と提案をした。

ちょうど大学に払うすべての学費を払い終わったところだった。もちろんぼくが留年とかをしなければの話だが……。

それに、ぼくの中にも、親に対する一種の罪悪感のようなものがあった。

両親は、ぼくの就職についてひとことも口出しをしようとしない。

友だちのなかには、親がうるさいってやつも少なくないのに、ウチは終始一貫、

「おまえの好きなようにしなさい」

しか言わない。

教育大学に進学したにもかかわらず、学校の先生になるつもりがないこと、就職活動をして企業に就職する気がないことなどを伝えたときにも、親父は腕組みをしたまま微笑んで、

「一回だけの人生だから、自分の生きたい道を生きればいい」

と言っただけだった。

その日の夜、お袋がぼくに耳打ちしてくれた。

「父さんは、あなたのことを心から信頼してんのよ。母さんには、あいつは自分のことは自分で決められるし、俺たちにはない大きな可能性があるやつなんだ、俺たちの常識であいつ

を縛りつけたら、それ以上大きくはなれん、なんて言ってんのよ」

それは親として本当に勇気がいることだと思う。

もちろんぼくも、大学を卒業して親が安心するような職に就くことを選んでいないことで、本当は、心配をかけているんだろうなぁということはわかっている。

その思いが、ぼくに、風太の面倒をみると言わせているんだ。


というわけで、今回の帰省はまるっきり、こいつ、つまり「風太」の散歩のためだけにある。

両親は、三泊四日で宮崎に行く。高千穂郷、青島神社、鵜戸神社……。

両親の頃の新婚旅行と言えば、宮崎だったらしい。当時は、宮崎まで行くことはできず、いつかは二人で行こうと、父さんは母さんに約束をしていたそうだ。

それが、結婚してから二十五年以上たった今、ようやく果たせることになった。

母さんはと言えば父さんほど嬉しそうには見えないが、本当のところはどうなのだろう。

風太の食事や散歩について、事細かな注意書きを書き残すだけじゃなく、それをまるで携帯電話契約時の注意事項の確認のようにひとつひとつ、口頭で説明、確認をして、二人は消えていった。

実家に帰ってきて一息つくヒマもなく、風太のための食事を用意して食べさせた。

「食べる前に、『お座り・お手・おかわり・ふせ・おまわり』と一連の芸をやらせて、最後は『バキューン』と指をピストルのようにして風太に向けると、バタッと倒れて静止するから、しばらく待ってから『よし』と言ってあげること」

そこまで指示が細かい。

食べ終えると、散歩の時間だ。

食事については指示が細かい割に、散歩については「散歩に行く」としか書いていない。

いつもはどこをどのように回っているのか、どれくらいの時間、散歩をしているのか、まったくわからなかった。

まあ、外に出てみれば風太が案内してくれるだろう。

外に出た風太は、自分のペースでいつもの散歩コースを歩きはじめた。

ぼくは、少しだけワクワクした。自分の知らない親の日常を風太が教えてくれる。

角を曲がるたびに、

「おっ、いつもこっちに来てるのか」

なんて、聞こえるか聞こえないくらいの声で、風太に話しかけている自分がいた。

故郷の道は、いたるところに昔の思い出が転がっている。

ここで近所のフミ君とケンカしたことがある。

学校の帰りにトイレを我慢してて、この信号を無視して渡ったら車に轢かれそうになったっけな。

あっ、ここは中学時代に振られた女の子とバッタリ出くわした場所。

最近になって大きな道路ができたところは、昔はどうだったか思い出すのが難しい。

たった数年前のことなのに、まったく思い出せない場所もある。

かと思えば、相当昔のことなのに、そこにあったものをありありと覚えているものもあって、歩いていて飽きなかった。


中学時代の友だちの家の前を通ると、今もいるのかなぁなんて思う。

その中のひとつに、「奥野電器」という電器屋があった。中学のとき、仲が良かった芳浩の家だ。ぼくも足が速かったが、こいつにだけは一度も勝てなかった。

何気なく中をのぞいてみると、芳浩の親父さんそっくりの人が働いていたが、ぼくと目が合った瞬間、大きなお腹を揺らしながらぼくのほうに向かって駆け寄ってきた。

「大ちゃん！　久しぶり」

「えっ……芳浩？」

あまりの変化に言葉を失う。実際に芳浩に会うのは、中学を卒業して以来だから、六年ぶりだろうか。

時の流れは多くのものを変えるということをあらためて思い知らされる。

今の芳浩となら、走っても負ける気はしない。

小中学校時代、芳浩は女子から人気だった。理由は足が速いからだ。

そんな理由が、もてるためにはなによりも重要だった時代があった。

ぼくも、負けじと足を速くしようとした。でも芳浩にはかなわなかった。だから、ぼくはあまりもてなかった。……ということにしておきたい。


あれから十年がたち、「足が速い」はもてる理由でもなんでもなくなった世界にぼくらは生きている。そうなってから、芳浩に勝ててもあまり嬉しくない。

「おまえ、変わらんな！」

「おまえ、変わったな！」

ぼくらはほぼ同時にそう言い合って、笑った。

中から、芳浩とそっくりの体型の親父さんが出てきた。

「大くん、久しぶりやな。東京の大学に行ったってお父さんから聞いとったけど」

「そうなんですよ。ただ、その両親が旅行に行ってて、こいつの面倒を見るために帰ってきたんですよ」

ぼくは、風太を指さした。

「ほお、犬の面倒を。どれ、ちょっと抱いても大丈夫か？」

「いいですよ」

風太はおとなしい犬だ。抱かれて暴れたことなんてない。

芳浩の親父さんは、風太を胸元に抱き上げると、店先に置いてあるベンチに座った。

ぼくは、変わり果てた芳浩のお腹をさすりながら、

「これ、何がつまってんの？」と聞いた。

「夢だ、夢」と芳浩は笑った。

「おまえ、昔は女子から人気があったのに、これじゃあ台無しだろ」

ぼくは芳浩のお腹を揺らしながらからかった。

芳浩は、ズボンのポケットから携帯を取りだして、印籠《いんろう》のように画面をぼくの目の前に差し出しながら、

「モテモテじゃ、アホぉ」

と言った。そこにはものすごく美人の女性と、赤ん坊がいっしょに写った待受があった。

「えっ、何これ？　どういうこと？」

「奥さんと娘よ。かわいいやろ」

ぼくは人生のスタートラインにすら立っていないというのに、同級生のこの男には、すでに奥さんと子どもがいる。


「あたっ、おいおい、ちょっと」

慌てた声に振り返ると、芳浩の親父さんが転がっていた。

風太がリードをつけたまま走り出している。

「いやぁ、すまん。暴れて手をすり抜けてしもうた」

芳浩の親父さんが言うよりも前に、ぼくと芳浩は走り始めていた。

並んで走ったのは最初の三歩までだった。

「無理すんな。また来るよ」

ぼくは、後ろに遠ざかる芳浩にそう声をかけて風太を追った。

「ああ、待っとるぞ」

次に、芳浩に会うのはいつだろう。

本当はぼくにはわからない。もちろん芳浩もそうだろう。

ぼくたちは今日、会えるなんて予想すらしないでお互いの人生を生きてきて、そして、何かの偶然で出会った。お互い、わざわざ約束をしてまでもう一回会おうとは思っていない。

それなら、次に会うとしたら、また何かの偶然なのか。

その偶然は、ぼくの人生の中で起こるのだろうか……。

答えなんて出ないまま、ぼくは全力で風太のあとを追った。


それにしても、ちょっとやばい。風太はどこまでも逃げていく。

ぼくは体型は変わっていないとはいえ、高校卒業以来、まともに運動らしき運動はしていない。二ブロックほど走っただけですぐに息が上がってきた。

こんなことなら、落研ではなく、運動部に入るべきだった。

風太には立ち止まってぼくを待とうという気配がない。風太の意志で行きたい場所に向かって走っているように見える。

両親が旅行に行っていない間に、風太がいなくなったなんてことになったらたいへんだ。

最悪の事態が頭をよぎり、血の気が引いた。

ぼくは必死で追いかけた。


ようやく、どこかのおばあさんが風太のリードを捕まえてくれた。

前から走ってくる風太と、後ろからそれを追いかけるぼくの姿を見つけて、自分のもとに近づいてきた風太を撫でつけて、捕まえてくれた。

ぼくは息も絶え絶えになりながら、そのおばあさんのところに駆け寄った。

「すみません、ありがとうございます」

「いいえ。いいのよ。まあ、汗が噴き出てるじゃないの。相当走ってきたんでしょ」

そのおばあさんは、レジ袋の中から一本のジュースを取り出して、ぼくに差し出した。

「お飲みなさい」

ぼくは断ろうとしたが、そのおばあさんはその手を引っ込めようとはしなかった。

結局、ぼくは、それを受け取ってお礼を言った。

見ると、腰の曲がったそのおばあさんは、大きく膨らんだ買い物袋を重そうにぶら下げている。

「持ちましょうか」

ぼくはとっさに声をかけた。

自分でもびっくりするほど自然にその言葉は出た。

にこっと笑ったおばあさんは、

「じゃあ、お願いしましょうかね」と受けてくれた。

おばあさんの家はそれほど遠くはなかった。

もともと曲がった腰を、もっと曲げながら、

「ありがとう。助かりました」

と言ったおばあさんの笑顔は、とても柔らかで、心地よかった。

一瞬ウインクしたように見えたのは、気のせいだろう。


さてと、来た道を帰ろうとすると、風太が反対方向を見つめたまま動こうとしなかった。

風太の視線の先には、伊曾乃神社の大鳥居があった。

神社に向かって続くなだらかな上り坂の両脇には、田んぼが広がっている。

「せっかく、ここまで来たんだし、お参りしていくか」

誰に言うでもなく、そう口にしたら、ふだんは鳴かない風太が珍しく、

「ワン」と言ってしっぽを振っている。

こいつ、返事をしたらしい。

ぼくたちは神社に向かった。

大鳥居をくぐると、その脇に一台だけ鍵がかかっていないオレンジ色の自転車が止まっていた。

「盗まれるぞ」と思ったが、このあたりではそんなことは気にしないのかもしれない。

このあたりの家の人には、家の玄関に鍵をかける習慣もない。

ここへ来たのは、約四年ぶりだ。

そう、あの日以来だ。

参道の石畳の両脇にうっそうと茂った木々の様子は、あの日のままで、なんだか一気に時間が戻ったような気がした。

スタートライン

参拝を終えて御神木の前に戻ったわたしは、手にしたカメラの電池の残量を確認した。電源は入る。まだ数枚なら写真が撮れそう。

ここから見える風景を撮っておきたいと思った。

木々の隙間からこぼれる日差し、誰もいない神社の境内。

わたしにとって大好きな場所。

この瞬間を切り取っておきたい。

そう思って、カメラを構えた。

カメラはディスプレイにレンズ越しの絵が映る設定になっていないらしく、画面にはいろんな数字が出るばかりで、しかたなくファインダーをのぞき込んだ。

構図を決め、シャッターを切ろうとした瞬間、参道から誰かが上がってくるのが見えた。

誰もいない神社の写真を撮りたかったわたしは、一瞬ためらったけれど、少し逆光気味の、犬を連れているその人影がなんとなく絵になると思い、シャッターを切った。

撮った写真は、ディスプレイに表示される。

写真をチェックしながら、なんだか胸の奥が熱くなるのを感じた。

どうしてだかわからない。でも、ドキドキしている。

わたしは、カメラの画面から目をそらし、犬を連れてこちらに歩いてくるその人のほうに視線を向けた。


あの歩き方、あの雰囲気。

間違えるはずがない。

でも、どうしてここに……。

胸の鼓動を止めることができなかった。


歩いて向かってくる大ちゃんが、わたしのことを見て一度立ち止まったのは、参道の終点にある石灯籠の横まで来たときだった。

それから、「えっ」と驚くような顔をして、ゆっくりと近づいてくる。

大ちゃんの顔が赤くなっている。

まさかという思いで緊張しているのは、大ちゃんも同じなんだ。

そう思うと、なんだか落ち着いてきた。

自分よりも緊張している人を見ると、落ち着くことができるもんだ。


「待ってたよ」

「えっ……何……どういうこと」

「ここで待ってるって、言ったでしょ」

わたしはからかうように言った。

大ちゃんは、苦笑いを浮かべながら、どう言っていいかわからない様子。

わたしは、手提げの鞄から、さっき買ったばかりの板チョコを取り出して、包み紙を無造作にはがした。そして銀紙ごと半分に割ると、片方を大ちゃんにさしだした。

「はい」

「えっ……あっ、ああ。ありがとう」

大ちゃんは、ためらいながらもチョコレートを受け取って、しばらくそれを見つめたあと、わたしの顔に視線を向けた。

「これあげようと思って、ずっと待ってたんだよ。四年も待ってたから、チョコも古くなっちゃったけど……」

「いや、えっ、だってあのときは」

大ちゃんは慌てた様子で、言葉にならない声を発した。

ここまで走ってきたのか、汗が流れ落ちている。

「ウソだよ。久しぶり、伊福くん。元気だった？」

わたしは大ちゃんが連れていた犬に挨拶しようと、しゃがみ込んだ。

「かわいいね。なんて名前なの？」

「えっ、ああ、こいつ？　こいつは風太」

わたしは風太を撫でた。


大ちゃんは相変わらず、どうしていいかわからないような顔をして突っ立ったままで、わたしのことを見下ろしている。

頭上にその視線を強く感じる。

でも、どうしていいかわからないのは、わたしも同じ。

なんとなく昔の話を持ち出したのはいいものの、このあとどんな会話をしていいのか、わからない。

「こんなところで、長森に会えるなんて思ってもいなかったから……」

大ちゃんが変な沈黙をかき消すように、なんとか言葉を繋いだ。

「でも……俺、なんか嬉しいよ。運命らしきものを感じる。なんて言うか、すべて、今日ここで長森に会うために、今までの自分に起こることが起こるべくして起こったというか……。わかるかなぁ……」

わたしは、小さくうなずいた。

「うん、わかるような気がする」

わたしは、立ち上がって大ちゃんを見つめた。

「わたしも、そんな気がする」

大ちゃんが笑った。わたしもつられて笑顔になった。

「大ちゃん、変わったね」

「え？」

「話し方」

「ん、ああ。今は東京だからね。それに、いろいろあった」

「そうね、わたしもいろいろあったわ」

わたしたちは見つめ合った。

「行こう！」

わたしは、大ちゃんに手をさしだした。

「ど、どこに？」

「わからない。でも、行こう！」

大ちゃんは手を握ってくれた。

わたしたちが駆け出す前に風太が走りはじめた。

わたしたちは、風太に引っ張られるように走った。

大声で笑いながら。


わたしたちの人生はまだ始まったばかりだ。

スタートラインにすら立っていない。

でも、ひとつ感じることがある。

わたしたちの人生には、わたしたち自身が思い描いている以上に、
劇的なドラマが用意されている。
ああなったらいいなぁとか、こういう人生を送るんだって、

期待したり、意気込んだりしてみても、思い通りいかないことばかりだった。
今の自分は、数年前の自分が想像した人生とは全然違う道を歩んでいる。
でも、昔のわたしには、今日のこの奇跡のような再会を計算できたりはしなかった。

そう、わたしたちの未来は、わたしたちが思っている以上に
劇的で、感動的で、奇跡的な脚本を用意して待っているんだ！

本当にそう思う。

きっと隣で笑って走っている大ちゃんも
そんなふうに感じている。

エピローグ

「大ちゃん、ここだよ」

さくらが振り返って大きく手を振った。ぼくはその姿を見つけ、手を振りながら近づいた。

さくらはぼくの「いとこ」にあたる。といっても、実際には真苗のいとこなのだけれど。

ぼくたちが結婚したことで、宮下先生はぼくの義理の叔父さんになった。

「結構、前のほうがとれたな」

「せっかくの講演会でしょ。できるだけ前のほうがいいと思って。真苗お姉ちゃんは？」

「大学の講義が終わったらすぐ駆けつけるって言ってたから、もう来るはずだ」

真苗は大学で講師をしている。アメリカの大学教授からの推薦で日本の大学で英語を教えることになったのは、もう七年も前の話だ。

「きっとまた、どこかでさくらにあげるチョコレートでも買ってるんだろう。あれを買ってくるとさくらが喜ぶって知ってるから」

「いつもいつも同じ板チョコ一枚じゃ、喜ぶ顔をつくるほうもたいへんよ。たまには違うものにしてほしいよ」

ぼくは苦笑いをした。

「早く来ないと始まっちゃうよ。いつも、時間にルーズなんだから」

「まあ、間に合わないということはないだろう」

「ああ、それにしても楽しみだなぁ。すごい人なんでしょ？　今日お話しする人」

「ああ、すごい人だよ。なにしろ北海道の片田舎のふつうの工場のおっちゃんなのに、宇宙開発をしているんだから。しかも、ＮＡＳＡだってこの人の開発成果なしに宇宙計画を進められないほどらしいぞ」

「宇宙かぁ……」

「行ってみたい？」

「う〜ん、わからない。でもわたしも早く大人になりたい」

ぼくはさくらの頭を撫でた。

「そうだ、大人はいいぞ。自分のやりたいことにどこまでも挑戦していいんだ」

会場にブザーが鳴り響いて、開演五分前のアナウンスが流れた。

「やっぱり、真苗お姉ちゃんは遅刻だ」

さくらがあきれるように言った。ぼくが笑って返す。

「まあ、見てろよ。本当にギリギリになって慌てて入ってくるから」

「しょうがないなぁ」

さくらが笑った。

あとがき

「成功」とか「幸せ」といった概念が変わろうとしていると感じます。特に、若い人たちの間で。その変化は、ここ数年、ぼくの中で徐々に感じていたものですが、震災を機にその変化はより顕著になった気がします。

ぼくが子どもの頃、「お前たちの時代はいいぞ。何をやっても自由だし、これから日本はどんどん豊かになるぞ」と周りの大人たちは口をそろえて言っていました。

当時は「大人＝戦争経験者」だったので、そう言うのも当然だったかもしれません。

時が流れて今、大人たちの中に流れている日本の将来に対する不安が、子どもたちの将来の希望の光すら奪おうとしているように感じます。

その漠然とした感覚がこの作品を書くきっかけになりました。

時代の転換期には、次々と予想できない出来事が起こります。

古い体制の崩壊によって、それまでの幸せを奪われる人が多く生まれ、新しい体制が始まることによって、新たな幸せを獲得する人が生まれる。

いつもその繰り返しでした。

そして、今まさにぼくたちは、時代の転換期にいるようです。

そんな今、青年期を迎えている若い人たちは、将来に不安を抱いたり、希望を持てなかったり、何を目標に生きていいのかわからなくなってしまったりすることもあるでしょう。

目標とすべきお手本がこれまでの時代にないのですから、当然といえば当然です。

でも、だからといって先が見えるまで何もしなければ、未来の希望すら失ってしまいます。

自らの人生に明るい希望の光をもたらすのは、どうなるかわからないからこそ一歩踏み出すという行動力と、どうなるかわからないからこそ、人生は面白いと思える考え方にあるように思います。

作品の中でも触れたように、ぼくたちの人生は、将来のことを計算して、その通りに進めようとしても、決してそうはならないのです。

だからこそ、計算よりも情熱をベースにして行動を繰り返し、その結果もたらされる「出会い」を大切に生きていくことが、幸せへのいちばんの方法だと言えます。

そのことをこの本から感じてもらえれば、嬉しく思います。

ぼくが読書をするときにいつも心がけていることがあります。

自分にとっての本の価値は、その本を読んだあとに、何を成し遂げたかで決まるということです。

世の中には、心を動かされる本がたくさんあります。

そして、そういう本との出会いは、いつも最高のタイミングで訪れます。

だからこそ、「感動した」「いい本だった」で終わりにせずに、その本と出会うことによって「一歩踏み出した」「新しいことを始めるきっかけになった」と言えるよう、実際に行動することも読書の一部です。

そうやって行動を始めた先に、「あの本と出会ったからこそ今の自分がある」と言える日が必ずやってくる。

その日のために一冊の本と出会うのです。

すべての人間には、無限の可能性があり、その可能性を発揮するのに遅すぎるということはありません。

「一年前の自分が今の自分の活躍を想像できただろうか」

そんな経験は誰にだって訪れるのです。

そのためには本気で一歩を踏み出してみることです。

この本がきっかけで、あなたが具体的に一歩を踏み出し、事前には計算できなかった素晴らしい出会いの数々を経験し、いつの日か、自分でも想像すらしなかった素敵な人生を送る日が来ることを、著者として心から願っています。

「あなたの本と出会ったから、今の自分の幸せがあるのです」

どこかで誰かにそんなことを言ってもらえる日が来ることを、ささやかに期待しながら。


この作品に登場した講演家たちは、ぼくが実際に講演会を拝聴したり、実際にお話をお伺いして感動した方々をモデルにさせていただきました。

北海道赤平市で宇宙開発をされている植松電機の植松努さん、海洋冒険家の白石康次郎さん、株式会社S・Yワークスの佐藤芳直さん、パリのホテルリッツの元シェフで今は神戸市にあるホザナ幼稚園の理事長をされている小西忠禮さん、株式会社アビリティトレーニングの木下晴弘さんです。

みなさんがこれまでぼくに聞かせてくださった講演やお話の数々に心から感謝して、「あとがき」のペンを置かせていただきます。ありがとうございました。

喜多川　泰

二〇一二年六月十四日

スタートライン

発行日　2012年7月15日　第1刷
2023年1月16日　第6刷

Author ―――― 喜多川泰

Book Designer ―――― 藤田知子
Illustrator ―――― ヒラノトシユキ
Publication ―――― 株式会社ディスカヴァー・トゥエンティワン
〒102-0093　東京都千代田区平河町 2-16-1
平河町森タワー 11F
TEL　03-3237-8321（代表）
FAX　03-3237-8323
https://d21.co.jp

Publisher & Editor ―――― 谷口奈緒美

Sales & Marketing Group ―――― 蛯原昇　飯田智樹　川島理　古矢薫　堀部直人　安永智洋　青木翔平　井筒浩　王廳　大﨑双葉　小田木もも　川本寛子　工藤奈津子　倉田華　佐藤サラ圭　佐藤淳基　庄司知世　杉田彰子　副島杏南　滝口景太郎　竹内大貴　辰巳佳衣　田山礼真　津野主揮　中西花　野﨑竜海　野村美空　廣内悠理　松ノ下直輝　宮田有利子　八木眸　山中麻吏　足立由実　藤井多穂子　三輪真也　井澤徳子　石橋佐知子　伊藤香　小山怜那　葛目美枝子　鈴木洋子　町田加奈子

Product Group ―――― 大山聡子　藤田浩芳　大竹朝子　中島俊平　小関勝則　千葉正幸　原典宏　青木涼馬　伊東佑真　榎本明日香　大田原恵美　志摩麻衣　舘瑞恵　西川なつか　野中保奈美　橋本莉奈　林秀樹　星野悠果　牧野類　三谷祐一　村尾純司　元木優子　安永姫菜　渡辺基志　小石亜季　中澤泰宏　森遊机　蛯原華恵

Business Solution Company ―――― 小田孝文　早水真吾　佐藤昌幸　磯部隆　野村美紀　南健一　山田諭志　高原未来子　伊藤由美　千葉潤子　藤井かおり　畑野衣見　宮崎陽子

IT Business Company ―――― 谷本健　大星多聞　森谷真一　馮東平　宇賀神実　小野航平　林秀規　福田章平

Corporate Design Group ―――― 塩川和真　井上竜之介　奥田千晶　久保裕子　田中亜紀　福永友紀　池田望　石光まゆ子　齋藤朋子　俵敬子　宮下祥子　丸山香織　阿知波淳平　近江花渚　仙田彩花

Proofreader ―――― 中村孝志
DTP ―――― 朝日メディアインターナショナル株式会社
Printing ―――― 中央精版印刷株式会社

本書へのご意見ご感想は下記からご送信いただけます。
https://d21.co.jp/inquiry/

ISBN978-4-7993-1178-3